민아이야기

민아를 도와주신 모든 분들께 이 책을 바칩니다
민아가 사랑한 모든 아픈 영혼에게 이 책을 바칩니다
민아가 남겨 놓고 간 세 아이에게 이 책을 바칩니다

민아이야기

강인숙

노아의 방주

머리말

서울의 2월은 음산하고 으스스하다. 눈도 자주 내리고 바람도 만만치 않다. 눈발이 흩날리던 어느 날, 영추문 옆을 지나고 있는데, 문득 올려다보니 나무들이 수상했다. 앙상한 나목인 건 전과 다름이 없는데, 무언가 따뜻한 것이 꼭대기 언저리에 서려 있었다. 어느새 수액이 얼어붙는 계절이 지나, 나무에 물이 오르고 있었던 것이다. 그러다가 3월이 되면 나무들은 임산부처럼 후줄근해지고 힘들어 보인다. 봄눈이 흩날려 봐도 소용이 없다. 대세는 이미 봄으로 기울어져 있기 때문이다. 그래서 이 무렵의 추위를 꽃샘추위라고 부르나 보다.

나는 이 계절을 견딜 수 없다. 민아가 나날이 목숨이 죽이 나다가 떠나간 계절이기 때문이다. 몸에 생명이 조금밖에 남아 있지 않아서, 민아는 그 겨울에 추위를 몹시 탔다. 덕석같이 무거운 털외투가 필요했다. 옷 무게로 아이가 휘청거렸다. 그런데 겨우 외투를 벗을 계절이 오자, 민아는 검불처럼 가볍게 이승을 떠났다. 아이를 보내고 기진해 있다가 문득 눈을 떠 보니, 사방에서 꽃들이 피어나고 있었다. 기운이 넘쳐서 잠시도 가만히 있지 못하는 아이들처럼, 봄은 계속 부산을 떨고 있었고, 여드름처럼 가지마다 꽃망울이 솟아올랐다.

용서할 수 없는 기분이었다. 오는 봄을 막으려고 문을 모두 닫아 걸었다. 덧문까지 꼭꼭 여미서 닫았다. 하지만 내가 고슴도치처럼 몸을 오그리고 있어도, 봄은 쓰나미처럼 밀려온다. 불가항력이다. 그렇게 4년이 지나갔다. 네 번이나 꽃샘추위가 오고 간 것이다. 그런데 나무에 물이 오르는 계절을 못 견디는 마음은 아직도 그대로다.

대체로 중환자들은 환절기를 견디지 못한다. 환절기가 되면 부고가 쌓이는 이유가 거기에 있다. 여름이 가을로 바뀌는 것을 못견더서 세상을 떠나는 것은 그래도 이해가 간다. 가을이 겨울로 바뀌는 것도 마찬가지다. 하지만 해동이 되는데…… 새싹들이 그 무거운 흙을 떠밀면서 지상으로 막 솟아오르고 있는데…… 소생은 못할 망정 왜 남아 있던 생명까지 주루룩 빠져 버리는 것일까. 꽃이 피려고, 나무들이 말라붙어 있던 묵은 잎새까지 떨쳐 버리는 것처럼, 왕성한 봄기운이, 계절이 바뀌는 것을 감당할 힘이 없는 쇠잔한 생명들을 쓸어 가 버리는 것일까?

다시 3월이 왔다. 민아가 떠나던 계절이다. 추도 예배를 보는 심정으로 민아에 대해 그동안 써 두었던 글들을 정리하기로 했다. 미적거리는 사이에 반년이 또 지나갔다. 이제는 더 미루고 싶지 않다. 내가 발목을 잡고 있으면 아이가 이승 근처에서 계속 맴돌고 있을 것 같기 때문이다.

이건 떠난 사람의 좋은 점만 기리는 송덕의 글이 아니다. 민아는 많은 장점을 가지고 있었지만, 그만한 양의 단점도 있는, 그냥 보통 사람이다. 사는 방법이 남과 달라서 힘든 길을 걸어온 것뿐이다. 장점과 단점을 모두 모아 놓아야 민아가 되니까 되도록 있는 그대로를 그리려 했다. 그게 내가 사랑했던 민아였기 때문이다. 나는 그 애의 모든 것을 알지 못한다. 그러니 이건 그냥 내가 아는 민아의 이야기다.

민아는 자기가 정말로 하고 싶다고 생각하는 일만 하다가 간 희귀종 인간이다. 어떤 손해가 따라와도 눈도 깜빡이지 않으면서, 그 애는 자기가 원하는 일만 하면서 그 길 위에서 살았다. 좋아하는 공부만 하다가…… 좋아하는 사람만 사랑만 하다가…… 좋아하는 아이 기르기만 하다가…… 마지막에는 자기의 모든 것을 다 하나님께 헌신하는 일을 하다가 떠난 것이다. 정말로 몸과 마음을 다 바쳐서 목자의 길을 걷던 그 마지막 날들을 나는 부러운 마음으로 바라본다. 그 애의 삶은 늘 버거운 것이었지만 스스로 선택한 삶이어서 가난해도 풍요로웠으며, 힘들어도 보람이 있었다.

민아는 기독교인으로 살았고, 기독교인답게 죽음을 맞이했다. 진실로 감사한 것은 민아가 그 아픔 속에서도 마지막까지 신의 은총을 믿어 의심치 않았다는 사실이다. 자기가 받은 하나님의 은총을 민아는 열심히 간증을 하고 떠났다. 하지만 이 글은 그 애의 종교적 세계를 기리는 것이 아니다. 나는 그 하나님을 믿지 못하는 사람이어서 그걸 쓸 자격이 없다.

내게 민아는, 변호사도 아니고, 검사도 아니고, 목사도 아니다. 그냥 딸이다. 내 피 중의 피요, 살 중의 살인 내 피붙이. 쉰이 돼도, 예순이 돼도 내가 사랑해 주어야 할 하나밖에 없는 딸이다. 내가 그리워하는 것은 그것이다. 몸을 가지고 살아 있던 민아, 복스럽게 음식을 먹던 민아, 탄력있는 목소리로 나를 부르던 민아, 따뜻한 손으로 내 아픈 곳을 쓰다듬어 주던 민아. 박완서 선생님 말씀대로 몸은 인간이 '가장 나종 지니인' 생명의 원천이다.

자식은 가슴에 묻는다는 말을 생각하며 산다. 죽은 정이 하루에 천 리씩 달아난다는 옛말이 맞다. 이제 민아는 신화처럼 아득하다. 그런데 밤도 낮도 아닌 심야의 시간이 오면, 나는 지금도 민아의 몸을, 그 촉감과 목소리를 생각하며, 상실감에 휩싸인다. 아마 죽는 날까지 그럴 것 같다. 전생에 무슨 인연으로 만났으면 엄마와 딸이 되는가? 전생에 무슨 인연으로 만났으면 엄마와 첫아이가 되는가? 딸의 울음소리는 저승까지 들린다는데, 엄마의 울음소리는 어디까지 들릴까. 깊은 밤 외로운 시간에, 나는 그리움에 목이 메다가도, 민아가 내게 딸로 와 준 것을 생각하면 고맙다는 생각이 든다. 50년 동안 나를 자기 엄마로 있게 해 준 것도 감사하다. 내게 저를 닮은 세 아이를 남겨 놓은 것은 더더욱 감사하다.

그리고 미안하다. 그렇게 원했는데 기독교인이 되어 주지 못한 것이…… 칭찬을 아낀 것이…… 사랑한다는 말을 더 자주 해 주지 못한 것. 어디서 무엇이 되어서든 우리 다시 만날 수 있을까? 그런 날이 정말 있기는 할까?

민아 이야기에 아이들 이야기도 함께 넣었다. 딸로서의 민아와 엄마로서의 민아를 같은 자리에서 살펴보고 싶었기 때문이다. 훈우 이야기는 전에 발표한 것이다. 오래간만에 맛보는 아기 탄생의 신비, 사막에서 자라는 아이의 '진흙 공포증', 영어권에서 사는 아이의 '이중 언어' 스트레스, 싱글맘의 아이의 고달픔 같은 것은, 훈우의 이야기인 동시에 다른 아이들의 이야기기도 할 것 같다고 민아 친구가 권해서 그 말에 따랐다.

막내 손자의 '무덤에 두고 온 편지'는, 아이들이 부모에게 바라는 것의 새로운 패러다임을 보여 준 감동적인 글이어서 다른 사람들에게도 읽혀 드리고 싶었다. 남의 아이 이야기가 내 아이의 이야기도 될 수 있다는 생각에서였다. 그 애가 어머니에게 감사하는 항목에서 '사나운 마음을 가지지 않게 하여 준 것, 마치 백만장자라도 된 듯이 자신감을 가지게 북돋아 준 것' 등이 감명깊었다. 열다섯에 엄마를 잃은 외손녀가 '할머니 난 늘 배가 고파요'라고 한 일이 있다. 그 헛헛한 공복감은 10대에 엄마를 잃은 아이들 모두의 것일 것이다.

상업성이 없는 책을 출판해 주신 '노아의방주' 출판사 김철종 사장님께 감사를 드린다. 출판을 주관해 준 박광성 선생과 편집부 분들에게도 감사를 드린다. 그리고 눈이 나쁜 나를 위해 여러모로 도와준 우리 사무실의 직원들에게도 고맙다는 말을 하고 싶다.

2016년 여름을 보내며

강인숙

1부
민아
이야기

산수보다는 미적분을
더 잘하는 아이

　　민아는 남이 잘하는 것은 잘 못하고, 남이 잘 못하는 것을 잘하
는 이상한 아이였다. 민아가 제일 잘하는 것은 공부고 제일 못하는
것은 살림이다. 엄마가 도와주지 않아도 민아는 스스로 공부를 잘
했고, 공부하는 것을 좋아했다. 어제보다 오늘 무언가를 조금이라
도 더 알게 되는 것을 너무 기뻐했기 때문에 늘 책을 들고 있었다.
그러니까 시험을 봐서 떨어져 본 적이 없다. 어른이 된 후에도 검
사는 승급 시험이 자주 있는데, 민아는 네 아이를 기르면서도 시험
을 볼 때마다 합격했다. 심지어 미국에서 본 운전면허 필기시험까

지 만점을 받아서, 혹시 교관이 될 생각이 없느냐는 제안까지 받은 일이 있다.

친구들이 나를 보고 어떻게 영어를 가르쳤길래, 대학까지 한국에서 다녔는데 미국에서 검사까지 되었느냐고 묻는데, 사실 민아는 주한 미 8군에서 방송하는 심야방송의 팝송을 들으면서 혼자서 영어 공부를 했다. 밥 딜런Bob Dylan이나 핑크 플로이드Pink Floyd를 통해 영어 공부를 한 것이다. 그러니 민아가 공부만 하면 되던 학생 시절에는 문제가 전혀 없었다. 예민한 사춘기도 무사히 넘겨서 힘이 하나도 안 드는 딸이었다. 다른 엄마들이 자기네 과외에 민아를 넣고 싶어 하니 나는 가만히 앉아 있어도 되었다. 아이가 하고 싶다면 시키고 별로 도움이 안 된다면 그만두고 하는 식인데, 일주일에 상패를 세 개 받아온 일도 있으니 고마운 딸이었던 것이다.

게다가 어려서부터 언어 감각이 비상했다. 다섯 살 때 소설가 김승옥 씨가 삼각지 집에 놀러 오곤 했는데, 올 때마다 민아를 데리고 반대말 놀이를 했다.

"선생님! 얘 천잰가 봐요, 쪼꼬만 게 반대 개념이 없는 말을 귀신같이 알아내네요."

김 선생은 신기한 듯이 그런 말을 하며 좋아했다.

외할아버지 환갑 때. 오른쪽 민아. 1960년

민아는 산수보다는 미적분을 잘하는 아이였다. 그래서 학년이 높아질수록 성적이 나아졌다. 유치원에 다닐 때는 공부 시간을 싫어해서 몸을 비비 꼬며 지루해 한 적도 있었다. 1960년대에는 초등학교 입시 경쟁이 심했다. 특수학교가 사대부국(사대부속 국민학교)과 은석(은석 국민학교)밖에 없었기 때문에 유치원 아이들에게도 과외를 시키는 부모들이 있었고, 유치원에서도 입시공부를 시켰다. 과외를 한 아이들은 문제가 나오면 미리 배운 답을 써서 좋

덕수궁에서 아빠와. 1961년

신세계백화점에서 부모와. 1964년 크리스마스

민아이야기

은 성적을 받았다. 그런데 민아는 자기가 답을 찾으니까 틀리는 경우가 더러 있었다. 그중에서도 제일 많이 틀리는 것이 방향을 묻는 문제였다.

방향감각이 둔한 것은 경탄할 정도였다. 동대문 옆에 있는 사대부국에 다닐 때였는데, 동대문과 남대문 중 어느 것이 학교에서 머냐는 문제가 나오면 동대문이라고 쓰는 식이다. 신당동에서 동대문을 거쳐 학교까지 두 정거장을 걸어가는 것이 1학년 아이에게는 멀게 느껴져서, 날마다 보면서 다니는 동대문을 멀다고 쓴 모양이다.

방향감각이 둔한 것은 유전적인 것이어서 평생 지속되었다. 그러니 민아에게는 운전이 제일 어려운 과제였는데, 캘리포니아는 대중교통이 부실하다. 그러니 네 아이를 가진 엄마는 종일 운전을 해야 한다. 내비게이션이 보급되기 전인 20세기에 민아는 늘 길을 못 찾아 빙빙 돌면서 살았다. 이론 면에서는 만점을 받았는데 운전수로서는 젬병이어서, 한번은 훈우와 야구장으로 가는데, 줄창 같은 길을 뱅뱅 돌다가 택시 기사에게 물어 겨우 찾아갔더니 경기가 이미 끝났더란다.

민아는 이렇게 실기에 약했다. 추상 사고는 탁월하게 하는데, 현실감각이 둔해서 모든 면에서 사는 일이 서툴렀다. 그리고 상식이 없었다. 처음 미국에 갔을 때 민아를 놀라게 한 것은 고속도로에서 보는 자동차의 라이트 색이 오는 것과 가는 것이 다른 점이었다.

산수보다는 미적분을 더 잘하는 아이

웬일인지 가는 차선의 차들은 모두 오렌지 빛 등을 달고 있는데, 오는 차선의 차들은 휘황한 백열등을 달고 있었던 것이다. 이상해서 사람들에게 물었더니 농담을 하는 줄 알고 아무도 대응을 하지 않는데, 공감하는 사람이 딱 하나 있더란다. 둘째 이모다.

"애! 나도 그게 늘 이상했어."

이모가 동류를 찾은 것이 기뻐 소리를 질러서 좌중의 사람들이 모두 아연해 했다 한다. 헤드라이트와 꼬리등의 색깔의 차이를 몰랐던 그 이모와 민아는 친엄마인 나보다 닮은 데가 더 많다. 거대 담론은 빨리 이해하는데, 헤드라이트와 꼬리등의 차이 같은 것에서 걸리는 점도 같고, 어지간한 것은 간과해 버리는 대범함도 같아서, 둘 다 현실에서는 남모르는 고초를 겪으며 살았다. 미국에서 반세기나 살면서 족집게 같은 것을 어디서 파는지 몰라 꼭 한국에 와서 사 가는 언니를 보고 있으면 민아를 보는 기분이 된다.

민아가 학년이 올라갈수록 성적이 좋아진 것은 논리적, 추상적 사고가 발달했기 때문이다. 민아는 산수보다는 미적분을 잘한다. 고등학생 때 수학시간이 되면 아이들이 수업 내용을 이해하지 못해 애를 쓰는데, 쉬는 시간에 민아가 다시 설명해 주면 알아들었다니, 가르치는 능력도 탁월했다고 볼 수 있다. 그래서 나는 민아에

민아이야기

게는 교수가 적성에 맞는다고 생각했다. 학년이 올라갈수록 성적이 더 좋아지더니 고등학교를 졸업할 때는, 여자 전국 일등이 발표가 늦어지니까 친구들이 민아인가보다 생각했을 정도로 공부를 아주 잘했고, 대학은 3년 만에 마쳤다. 아마 한국에서 처음으로 조기 졸업한 것이 아닌가 싶다. 그 후 한참 지나니까 어느 대학에서 조기 졸업생이 나왔다는 기사가 나왔다. 이화 여자 대학교는 그런 걸 챙기지 않아서 홍보에 이용하지 않으니까 사람들이 모르고 있었던 것 같다.

민아는 또 말을 잘한다. 다듬어서 써 놓은 글을 읽는 것처럼 조리 있게 말을 한다. 사후에 나온 마지막 책을 낼 때는, 체력이 모자라서 글을 쓰지 못하니까 출판사에서 설교를 녹음해서 책을 만들었다. 그 일을 하는 분들이 놀라서 말했다. 어떻게 말이 문장처럼 그렇게 논리가 정연하고 군말이 없을 수 있느냐는 것이다. 나는 그게 무슨 말인지 안다. 초등학생일 때 수업 참관을 하러 갔다가 민아가 문단을 요약하는데, 다듬어 쓴 글을 읽는 것처럼 논리가 정연해서 깜짝 놀란 일이 있기 때문이다.

미국에서 처음 재판을 할 때, 승소율이 높으니까, 한 미국인 동료가 그 비결을 알아내려고 민아의 재판을 모두 참관했다 한다. 그 친구의 말에 의하면 배심원을 잘 뽑는 것과 논리적인 변론이 승소의 비결이란다. 배심원을 뽑는 청문회에서 민아는 대수롭지 않게 몇마디만 묻는데, 한 인물의 성향을 정확하게 짚어내서, 공정성에 문제가 있어 보이는 사람은 배제하더라는 것이다. 그건 민아 자신도 몰랐던 특성이다.

방향감각이 없는 것, 추상사고를 잘 하는 것, 논리적으로 언어를 구사하는 것, 어법의 구체성과 참신성 등은 민아가 아빠에게 물려받은 것들이다. 그 부녀가 남달리 친밀했던 것은 추상담론에 대한 기호 때문이기도 하다. 민아는 대학에서 아빠 강의를 다 들었기 때문에, 다른 형제들보다는 아빠와의 공감대가 더 넓어서, 수사학修辭學이나 기호학記號學에 관한 이야기를 자주 했다. 우리가 민아네 집에 다니러 갈 때는 아빠가 한가하니까, 그들은 밤새도록 이야기를 끝내지 않는다. 말 소리 때문에 식구들이 잠을 잘 수 없어 불평을 하면 아래층으로 피해 가서 대화를 나누곤 하던 게 생각난다.

우리 집에서 추상 담론을 가장 좋아한 사람은 민아와 아빠니까, 민아는 아빠의 딸이면서 동시에 죽이 잘 맞는 토론 상대이기도 했다. 근래에는 종교에 관한 담론이 많았는데, 신기한 것은 어디에 가든 혼자만 말한다고 비난을 받는 아빠가 민아와 이야기할 때에는 좋은 리스너Listener가 되는 것이다. 그러니까 민아를 잃은 것은 아빠에게는 딸만 잃은 것만이 아니라 호흡이 가장 잘 맞던 말 친구까지 잃은 것도 의미한다. 그가 얼마나 엄청난 상실감에 젖어 있는지 잘 아는 나는, 그이 앞에서는 민아 이야기를 되도록 꺼내지 않는다.

민아이야기

이대에서 엄마와. 1979년

이대에서. 왼쪽 민아, 경자. 1980년

산수보다는 미적분을 더 잘하는 아이

그렇게 공부를 잘했지만 나는 민아에게 여자 대학교를 권했다. 학교에서 서울대에 가라고 강요하다시피 했지만, 나는 뜻을 굽히지 않았다. 민아는 대학교수 지망생이었기 때문이다. 그때까지 서울대의 인문계에서는 여자를 교수로 채용하는 일이 거의 없었다. 남자 제자들에게는 질서정연하게 자리를 옮겨 주면서 교수가 될 때까지 관리를 해 주는데, 여학생에게는 눈길도 주지 않는다. 내가 10년 동안 소설론 강의를 하고 있는 학교에 우리 선생님들이 전공이 같은 15년 후배의 취직운동을 하러 왔다가 나와 마주친 일이 있다. 그런데 그분들은 내게 미안해하지도 않았다. 그래서 서울대 출신 여학생들 중에는 이를 갈고 있는 사람이 많다. 나도 그런 사람 중의 하나였다. 그러려면 애초에 남자만 입학시킬 것이지 왜 여자들까지 뽑았는지 이해가 되지 않았다. 여자 대학교 중에서도 이대는 본교 출신만 챙기니까, 여자가 교수가 되려면 이대에 가는 수밖에 없다는 것이 나의 생각이었다.

민아는 처음에는 반대를 했다. 10년째 내가 시간 강사를 하면서, 계속 나보다 여건이 나쁜 남자들에게 밀려나는 것을 보긴 했지만, 엄마보다는 공부를 더 잘할 자신이 있으니까 일등을 하면 설마 어쩌랴 싶었던 모양이다. 그런데 그 애의 자신을 꺾는 사건이 생겼다. 민아가 고등학생일 때 아빠가 루이제 린저를 초청했는데, 서울대를 일등으로 졸업했다는 독문과의 여자 강사가 통역을 맡았다.

독일 작가 루이제 린저와 평창동 집에서. 왼쪽이 민아. 1975년 10월

그녀와 자주 만나면서 민아는 생각을 바꾸었다. 일등을 한 사람도 시간 강사밖에 못한다면 방법이 없겠다고 체념한 것이다.

"하지만 등록금이 아깝잖아?" 하는 것을 교수 자녀는 등록금이 면제된다고 달래서 겨우 이대 영문과에 넣었다. 이대에는 교수 자녀에게 등록금을 면제해 주는 제도가 없는 것을 나도 몰랐다. 민아는 이대를 3년 만에 졸업했다. 아마 일등으로 졸업한 것이 아닌가 싶다. 방송국에서 '이민아 외 몇명'이라고 방송을 했기 때문이다. 이대에 있는 친구에게 그 말을 했더니, 그럼 아마 일등을 했을 거라고 했다. 전교 일등은 다른 학생이지만, 단과대를 돌면서 시키는데, 그해에는 인문대 차례가 아니었으니까 실질적으로는 민아가 일등 같다는 것이 친구의 의견이었다.

그런데 미국에 가서 클레어몬트 대학(Claremont Graduate University)에서 영문학 석사를 끝낸 민아는, 난데없이 법대에 가겠다고 주장했다. 그때 마침 캘리포니아에서는 '김철수 사건'이 벌어져 있었다. 남편이 저널리스트였으니까 남편에게 자료를 모아 주다가, 법이 사람들에게 미치는 영향력의 크기에 압도당한 모양이다. 법률가가 민아의 적성에 맞지 않는 것을 알았던 나는 반대했지만 듣지 않았다.

민아는 법대에 들어갔는데, 법대 기숙사에는 아기가 거의 없었다. 남학생들도 공부가 너무 힘이 드니까 아이를 낳지 않는다는 것이다. 그래서 큰아이 훈우는 샌프란시스코 도심에서 제일 높고 아름다운 맥알리스터 타워의 마스코트가 되었다. 거기가 민아 학교 기숙사였던 것이다. 크리스마스가 되면 문 앞에 카드와 선물이 쌓이고, 구멍가게의 중국인 아줌마도, 순찰을 도는 순경도 모두 훈우를 알고 따뜻하게 대해 주었다. 어린 아이를 인격적으로 대해 주는 미국에서 훈우는 법대생들하고만 놀며 자라서 어려서부터 논리적 화제에 익숙해져 있었다. 이혼하고 혼자 아이를 기르면서도 민아는 제때에 법대를 졸업했다. 톱 10퍼센트 안에 드는 좋은 성적이었다. 첫 번째로 본 시험에 합격해서 곧장 큰 로펌에 취직이 되었다.

민아이야기

캘리포니아 클레어몬트 대학 영문학 석사 졸업식. 1984년

UC 헤이워드 법대 졸업식. 샌프란시스코 사촌들, 민아, 이모. 1987년

산수보다는 미적분을 더 잘하는 아이

보수가 많은 직장이었다.

　모든 어려움이 해결된 줄 알고 나도 마음을 놓았다. 그런데 새로운 문제가 생겼다. 큰 로펌의 병아리 변호사에게는 퇴근 시간이 없었기 때문이다. 싱글맘이었던 민아는 아이가 유치원을 끝내면 여덟 시까지 뵈 주는 곳에 다시 데려다 주고 와서 일을 계속한다. 여덟 시에도 일이 안 끝나면 다시 가서 아이를 데리고 사무실에 와서 소파에 재워 놓고 일을 한다. 그러고 나서 여섯 살짜리 건강한, 잠든 아이를 안고 귀가해야 한다. 도저히 계속할 형편이 아니어서 민아는 검사가 되기로 결심한다. 검사는 네 시 반이면 일이 끝나기 때문이다. 외국인이 검사가 되는 것은 '하늘의 별 따기'라는데 민아는 그 별을 거뜬히 따냈다.

　이렇게 민아가 제일 잘하는 일은 공부다. 제일 하고 싶은 일도 공부다. 그렇다고 죽기 살기로 하는 타입도 아니다. 고3 때 미국 의대에 다니던 사촌 오빠가 6개월간 한국에서 연수하게 되어 우리 집에 와 있었다. 민아는 그 오빠와 극장도 가고 휴가도 갔다. 그러면서 입시 준비를 해 나갔다. 민아는 시험에 나올 문제를 잘 찍는 능력이 있다고 한 친구가 내게 알려 주었다. 그건 문제의 핵심을 정확하게 알고 있다는 이야기다. 그런데 마지막에 하고 싶었던 신학 공부는 하지 못했다. 시력이 망가져서 책을 읽을 수 없었기 때문이다.

세상에서 제일 어려운 것이 살림살이라는 것이 민아의 주장이다.

그래서 민아는 살림 잘하는 여자들을 존경한다.

동생댁들이 살림도 공부도 다 잘하니까 민아는 나보고

"불량품을 수출하고 우량품을 수입했으니 엄마는 좋겠다."면서 놀렸다.

산수보다는 미적분을 더 잘하는 아이

하나님은 참 공평하다. 공부를 잘하는 대신 민아에게는 못하는 일들이 그만큼 많았다. 그 애는 요리도 청소도 잘 하지 못한다. 완벽주의자여서 신혼 초에 욕실 바닥을 한 시간 동안 엎드려서 닦고 나더니, 시간이 아까워서 다시는 그런 일을 하기 싫다고 했다. 요리도 마찬가지다. 세상에서 제일 어려운 것이 살림살이라는 것이 민아의 주장이다. 그래서 민아는 살림 잘하는 여자들을 존경한다. 동생댁들이 살림도 공부도 다 잘하니까 민아는 나보고 "불량품을 수출하고 우량품을 수입했으니 엄마는 좋겠다."면서 놀렸다.

돈 계산도 복잡해서 하기 싫다면서, 우리가 주는 용돈까지 다 남편에게 맡기고, 초등학생처럼 점심값만 얻어 쓰면서 민아는 공부를 했다. 민아를 보고 있으면 살림살이라고 하는 것이 얼마나 고도의 종합적 능력을 요구하는 일인지 알 것 같았다. 나처럼 노는 시간에 "비가 올 것 같으니 장독대 뚜껑을 닫으라"는 전화를 집에 한다거나, "막내가 컨디션이 안 좋아 보이니 돌아오거든 따뜻한 물 마시게 하고 푹 재우라"는 등의 자잘한 지시를 하는 일과 직장 일을 병행하는 것을 민아는 잘하지 못한다. 집중형이어서 한번에 두가지 일을 처리하지 못하는 것이다. 아이를 기를 때도 학생이니까 주 1회 설거지를 해 주는 대신 무료로 유치원에 다니는 특혜를 받고 있었는데, 어느 날 그 일도 잊고 지각을 해서 야단맞았다면서 웃고 있었다. 검사 승진 시험이 있으면, 민아는 시험에 붙는 대신에 공과비 내는 기한을 다 잊어버린다. 시험이 끝나고 나면 전기, 전화가 다 끊어져서 남편이 종일 줄을 서서 해결해 주곤 했다. 학교의 우등생은 사회의 열등생이라더니 그 말이 맞는 것 같다.

하지만 우등생의 열등성에는 여러 사람에게 즐거움을 주는 공덕이 있다. 언젠가 내가 "너보다 어려운 친구들이 많을 텐데, 있는 체 하거나 아는 체 하지 말라"라고 충고를 했더니 민아가 크게 웃었다.

"엄마도 참! 내가 얼마나 칠칠치 못한데 그래요. 내가 돈 계산을 할 줄 몰라서 우리 친구들은 자기네가 없으면 내가 반장 노릇을 못하는 줄 알고 있다고요."

민아는 실제로 그런 빈 구석이 많아서 공부를 잘하는데도 친구들에게서 시샘을 덜 받았다. 검사 시절에도 마찬가지였다. 민아는 요리를 잘 못하니까 요리를 잘하는 친구들은 그 애에게 우월감을 느낀다. 모시조개를 넣고 미역국을 끓여 주거나 전을 부쳐 가져다 주면, 너무 고마워하니까, 법대 졸업생도 자기가 돌보지 않으면 안되는 별 볼 일 없는 인간이라는 사실이, 마음의 벽을 허물게 하는 것이다.

아이들을 다 키운 친구들은 늦게 낳은 민아 아이들의 재롱을 즐기러 놀러 오고, 멋을 잘 부리는 친구들은 민아에게 화장법을 훈수하러 와서 그 집에는 언제나 젊은 엄마들이 우글거렸다. '섹스 앤 더 시티Sex and The City'에 나오는 여자들처럼 흉금을 터놓고 서로를 사랑하는 친구들이 많아서 민아는 자매가 없어도 외롭지 않았다.

인간이면 누구나 다 사랑하던 외할아버지를 닮은 민아는, 친구들을 진심으로 사랑했기 때문에, 처지가 어렵거나 외로운 친구들이 많이 모여들었다. 결혼을 안 한 친구 중에는 걸핏하면 민아 집에 와서 사는 사람도 있었다. 민아의 딸은 외딸인데도 늘 2층 침대가 있는 방을 썼다. 엄마 친구들 때문이다.

민아의 결점은 남편도 심리적으로 편하게 해 주는 면이 있었을 것이다. 검사 시험 치느라고 요금을 못 내서 독촉장이 날아 오면, 변호사인 남편이 한참씩 줄을 서서 요금을 내 준다. 그러면서 짜증도 내지 않는다. 그는 일등을 하지 못한다고 엘리트주의자였던 판사 아버지에게서 잔소리를 듣던 생각이 나는 것이다. "돌아가신 아버지가 널 보면 참 좋아했을 거야." 그러면서 마치 자기가 아버지라도 된 것처럼 자신의 피보호자인 '그 쪼꼬만 계집애'가 기특하게 보이기도 했을 것이고, 시험에 잘 붙는 대신 전기요금 내는 것을 잊은 바보 같은 아내를 딱하게 여기기도 했을 것이기 때문이다.

그 애는 외할머니를 닮아서 남을 잘 돕는다. 나더러 오라고 해서 가 보면 내가 잘 방에서 친구의 아들이 자고 있다. 아버지가 편찮

민아의 첫 피아노 발표회. 중학교 1학년 때.
외할아버지, 남동생들, 민아, 친구들, 엄마. 1969년

아서 엄마가 귀국한 집 아이를 데리고 있는 것이다. 한번은 이사를
가야 하는데 이사 갈 집은 안 비고, 살고 있는 집은 팔려서 갈 곳이
없는 친구네 식구들을 한동안 데리고 산 일도 있다. 어려운 친구가
주방 기구 장사를 하면, 민아는 그녀의 장사를 대신하다시피 한다.
그녀가 칼 장사를 하면 칼 세트를 사방에 팔아 주고, 냄비 장사를
하면 냄비 세트를 팔아 준다. 성경에 7년이 지난 빚은 탕감해 주라
고 써 있다면서 돈을 빌려가고 7년간 안 갚는 친구에게 빚을 탕감

해 주기도 했고, 법을 모르는 교인들도 많이 도와주면서 민아는 늘 남의 일로 바빴다. 민아가 아기를 낳자 새벽에 트럭을 몰고 진 바지를 입은 투박한 중년 부인이 돈 100불을 들고 찾아 온 일도 있다. 민아에게 신세를 너무 졌는데, 꽃을 살 줄을 몰라서 돈을 가지고 왔다는 것이다.

민아는 자잘한 것을 기억하지 않는 타입이어서 그렇게 남을 도우면서도 누군가에게 무얼 베푼다는 의식이 거의 없다. 그건 그 애의 아주 좋은 점이다. 그런데 그런 의식의 결핍이 남의 신세를 질 때에도 해당되면 일이 곤란해진다. 김 씨에게 진 빚은 김 씨에게 갚아야 주고받는 법도에 맞는데, 민아는 그걸 다른 사람에게 갚는 일이 더 많기 때문이다. 도움을 필요로 하는 사람에게 무심히 도와주듯이, 도움을 주는 사람에게서도 무심하게 받고 잊을까봐 나는 늘 그 애를 들볶는다.

부조 같은 것이 특히 그렇다. 부조에는 부조를 주고받는 룰이 있다. 부조는 글자 그대로 부조扶助니까 말하자면 일종의 무이자 대출금이다. 물가가 오르니까 받은 부조는 받은 액수보다 조금이라도 많이 갚아야 한다. 자기에게 아이가 많고 친구에게 아이가 하나이면 몇배의 액수를 부조해야 두 집의 균형이 맞기도 한다. 그러려면 그걸 다 기억하고 적어 놓고 열심히 계산하고 해야 하는데, 자칫 잊어버리거나 액수가 적으면 비난을 받는 것이 부조의 불문율이다. 나이가 많아져서 매사가 힘이 드는 요즘, 나는 똑같은 액수의 돈이 오고 가는 일이 번거롭고 부담스러워서, 친한 사이에는 서로 생일 축하 같은 것도 그만두기로 하고 마는 경우도 있다. 그만큼 주고받는 선물은 신경을 많이 쓰게 하는 요소다.

공자님 말씀 중에서 내가 가장 감명을 받은 것은 "누군가에게 베푼 것은 잊고, 받은 것만 기억하라"는 것이다. 공자님은 인간이 어떤 동물인지 아주 잘 아시는 현실주의자다. 세상의 많은 분쟁은 그와는 반대로 '준 것만 기억하고 받은 것은 잊는' 데 있기 때문이다. 그런데 우리 민아는 받은 것도 준 것도 잘 잊으니 늘 걱정이었는데, 그 문제는 생각보다 쉽게 풀렸다. 변호사나 검사가 되어서 산수를 잘 하는 비서가 생기니 자동으로 해결이 되었기 때문이다. 다행히도 민아에게는 비서가 있는 기간이 길었다.

하지만 마지막 날에는 그런 비서가 없었다. 그래서 나는 민아가 동쪽 사람에게 진 빚을 서쪽 사람에게 갚는 일이 생길까봐 늘 조바심을 했다. 혹시 민아에게 무언가를 베풀고 보상받지 못한 분들이 계시면 대신 용서를 빌고 싶다. 민아는 그렇게 현실감각이 둔한 아이인 채로 세상을 떠났다.

산수보다는 미적분을 더 잘하는 아이

내 방법으로 in my fashion 살게, 엄마

민아가 이대 영문과에 다닐 때의 일이다. 어느 날 좋은 시를 배웠다면서 영시 책을 내밀었다. 19세기 시인 어니스트 다우슨 Ernest Dowson(1867~1900)의 '시나라 Cynara'라는 시였다.

지난밤, 아아, 바로 어젯밤, 그 여자와 내 입술 사이에
네가 그림자를 드리웠어, 시나라! 너의 숨결이
입맞춤과 술 사이를 비집고 내 영혼에 스며든 거야:
나는 외로움을 느꼈고, 너의 사랑이 그리웠어!

민아이야기

그래, 너무 외로워서 고개를 떨구었지;

시나라! 난 늘 네게 충실했단다, 내 나름의 방법으로 말이야.

밤새 나는 그 여자의 심장의 고동을 가슴으로 느꼈어,

내 품속에서 그녀는 잘 자고 있었던 거야;

그녀의 빨간 입술의 키스는 감미로웠지:

　그런데 동이 트고 잠이 깨자:

나는 외로움을 느꼈고, 너의 사랑이 그리웠어,

시나라! 난 늘 네게 충실했단다, 내 나름의 방법으로 말이야.

바람과 함께 사라진 시나라! 너를 잊으려고,

흰 나리꽃 같은 네 파리한 모습을 지워 버리려고

춤을 추면서 장미를, 장미를 마구 던졌지:

　나는 외로움을 느꼈고, 너의 사랑이 그리웠어!

시나라! 난 늘 네게 충실했단다, 내 나름의 방법으로 말이야.

독한 술과 미친 듯한 음악에 몰입해 보기도 했어,

하지만 축제가 끝나고 불들이 하나하나 꺼져 가면,

너의 그림자가 드리우는 거야, 밤은 네 거잖아.

그래서 나는 외로움을 느꼈고, 너의 사랑이 그리웠어;

내 방법으로 in my fashion 살게, 엄마

맞아, 원하는 입술이 아니어서 나는 줄곧 허기져 있었던 거야:
시나라! 난 늘 네게 충실했단다, 내 나름의 방법으로는 말이야.

Last night, ah, yesternight, betwixst her lips and mine

There fell thy shadow, Cynara! thy breath was shed

Upon my soul between the kisses and wine;

And I was desolate and sick of an old passion,

　　Yea, I was desolate and bowed my head:

I have been faithful to thee, Cynara! in my fashion.

All night upon mine heart I felt her warm heart beat,

Night-long within mine arms in love and sleep she lay;

Surely the kisses of her bought red mouth were sweet;

But I was desolate and sick of an old passion,

　　When I awoke and found the dawn was grey:

I have been faithful to thee, Cynara! in my fashion.

I have forgot much, Cynara! gone with the wind,

Flung roses, roses riotously with the throng,

Dancing, to put thy pale, lost lilies out of mind,

민아이야기

But I was desolate and sick of an old passion,

    Yea, all the time, because the dance was long:

I have been faithful to thee, Cynara! in my fashion.

I cried for madder music and for stronger wine,

But the feast is finished and the lamps expire,

Then falles thy shadow, Cynara! the night is thine;

And I am desolate and sick of an old passion,

    Yea, hungry for the lips of my desire:

I have been faithful to thee, Cynara! in my fashion.

다른 여자를 품에 안고 있으면서 헤어진 연인에게 '난 늘 네게 충실했단다, 내 나름의 방법으로는 말이야 I have been faithful to thee, Cynara! in my fashion'라는 말을 되풀이하는 남자의 이야기였다. 언뜻 보면 이 대사는 "토지"의 용이가 월선*에게 해야 할 것 같은 대사다. 하지만 이 남자는 용이처럼 불가항력적인 상황이

---

* 박경리 선생님은 현실적인 분이신데, "토지"에서 환상적인 사랑의 이야기를 창조해 내셨다. 무당의 딸 월선이와 용이의 사랑이다. 용이에게는 부라퀴 같은 아내가 있었고, 용이는 올곧은 선비여서 끝까지 아내를 버리지 못했지만, 월선이를 향한 마음은 절대적이었다. 사랑하는 여자를 차가운 땅에 묻고 싶지 않아서, 용이가 해동이 될 때까지 아픈 월선이에게 가지 않는 이야기는 참 감동적이다. 그는 월선이가 자기를 보지 않으면 못 죽을 여자임을 믿고 있었던 것이다.

어서 시나라 옆에 있지 못하는 것은 아닌 것 같다. 그뿐 아니다. 지금 그는 다른 여자와 육체적 유희를 즐기고 있는 중이다. 그러면서 입에서는 '난 늘 네게 충실했단다, 시나라!'라는 대사가 계속 흘러 나온다. 그런데 이상하게도 그 말이 공감을 불러일으키는 것에 이 시의 재미가 있다.

시를 읽고 나서 나는 의아해서 민아를 쳐다보았다. 민아는 그때 첫사랑을 시작하고 있는 중이었다. 그러니 사랑의 충실성을 다짐 해야 할 과거의 연인 같은 것이 있을 리 없다. 그런데 왜 이 시에 감동을 받았을까? 어쩌면 저 애는 지금 자신의 첫사랑 때문에 배신감을 느끼고 있을 나에게 "나는 지금도 엄마에게 충실하다오. 내 나름의 방법으로는 말이에요."라는 말을 하고 싶은 것이 아닐까?

아니면, 인간의 감정의 세계는, 콩 심은 데 반드시 콩이 나는 식의 단답_{單答}형의 단순한 것이 아니라는 것, 인간의 내면에는 한꺼번에 상반되는 감정이 공존할 수도 있다는 것, 그래서 때로는 아버지가 다른 아이를 몇씩 낳은 여자가 자신의 순결성을 주장하기도 하고, 카사노바가 다우슨 같은 대사를 외울 수도 있다는 것…… 그런 복잡한 갈피를 지닌 인간의 내면의 메커니즘을 처음으로 엿본 것이 그 애가 이 시에 매혹당한 포인트였는지도 모른다.

하지만 나는 곧 그 애를 정말 매혹시킨 것이 무언지 알아냈다.

민아 이야기

'In my fashion'은 어니스트 다우슨이 가르쳐 준 민아의 좌우명이었다.

민아는 남이 뭐라고 하건, 어떤 손해를 보건 자신의 fashion대로 살고 싶어 했고,

실제로 과감하게 그렇게 살았다.

그 애의 fashion은 언제나 상식과 어긋나는 것이었고,

자신에게 해를 끼치는 유형의 것이어서,

그 일은 주변 사람들을 많이 놀라게 했다.

내 방법으로 in my fashion 살게, 엄마

그건 마지막에 나오는 'in my fashion'이라는 구절이다. 민아는 무슨 새로운 발견이라도 한 듯이 그 구절을 되풀이하여 읊조리고 있었다. 그 후에도 민아는 이 시구를 계속 좋아했다. 너무 좋아했다고 하는 편이 옳을 것 같다. 이때부터 민아는 엄마 말을 잘 듣던 어제까지의 착한 딸에서 벗어나, 자신이 옳다고 확신하는 가치세계에서 사는 일을 과감하게 해 대기 시작했기 때문이다. 자신의 'fashion'을 가지고 그것에만 의존해서 사는 것이야 말로 자기가 진정으로 원하던 삶의 방식이라는 것을 그 애는 드디어 알게 된 것이다. 'In my fashion'은 어니스트 다우슨이 가르쳐 준 민아의 좌우명이었다. 그때부터 민아는 남이 뭐라고 하건, 어떤 손해를 보건 자신의 fashion대로 살고 싶어 했고, 실제로 과감하게 그렇게 살았다. 그 애의 fashion은 언제나 상식과 어긋나는 것이었고, 자신에게 해를 끼치는 유형의 것이어서, 그 일은 주변 사람들을 많이 놀라게 했다.

첫 번째 사건은 결혼이다. 이대 영문과를 좋은 성적으로 조기 졸업한 민아는, 졸업한 다음 달에 결혼을 했다. 우리 나이로 갓 스물셋밖에 안 되었는데, 그렇게 서둘러 결혼을 해서 사람들을 놀라게 만들었다. 세상에 나서 처음으로 미용사에게 화장을 받은 어린 신부는, 막 꽃잎이 벙글기 시작하는 하얀 작약꽃 같아, 여리고 화사하고 청순하고 애틋했다. 우리 동창 중에는 지금도 그날의 민아의

민아이야기

모습을 잊지 못하는 친구가 많다.

들어가 살 방 한 칸도 없는 남자와, 사랑 하나 때문에 민아는 주변의 반대를 무릅쓰면서 힘겹게 그 결혼을 감행했다. 남자의 매력 포인트가, 경쟁의 대열에서 벗어나 해탈한 것 같은 얼굴을 하고 있는 점이라고 하니 기가 막혔다. 민아는 바자로프*와 결혼한 것이다. 바자로프가 좋으면 바자로프와 결혼까지 하는 것이 민아의 'fashion'이다.

바자로프의 아내 자리를 선택하면서 많은 것을 버려야 옳았다. 그런데 민아는 미국 유학도 포기하지 않았고, 부엌에 들어갈 생각도 하지 않았다. 자신의 본질을 희생하면 곧 남자를 미워하게 될 것이기 때문에, 하고 싶은 것만 하는 것이 옳다는 게 그 애의 주장이었다.

바자로프의 아내는 미국에 간 지 1년 만에 아기를 가졌다. 갓난아기를 유난히 좋아하는 그 애는 어렸을 때부터 커서 아기를 못 낳을까봐 걱정을 하는 이상한 소녀였다. 남편은 필요 없는데 아이는 꼭 있어야 한다면서, 열 명쯤 낳고 싶다고 말해서 주변 사람들을 놀라게 했다. 아기가 생기자 민아는 환희에 차서 내게 전화를 했다.

---

* Bazarov : 투르게네프의 '아버지와 아들'에 나오는 젊은이의 이름. 모든 권위를 부정하는 그를 작자는 니힐리스트(허무주의자)라고 부른다.

내 방법으로in my fashion 살게, 엄마

"엄마! 나 아기 생겼어! 아기가!"

하지만 나는 기뻐할 상황이 아니었다. 겨우 내 아이 셋을 길러 놓고 나서, 참고 참았던 박사과정 공부를 막 시작한 때였기 때문이다. 아기를 가진 것을 좋아하면서 이번에도 민아는 학교를 그만둘 생각은 꿈에도 하지 않았다. 남편의 부양 능력도 생각하지 않았다. 오직 자기에게 새 생명이 잉태된 그 신비로운 섭리에만 심취하여 정신이 없었다. 어머니가 되는 자가 갖추어야 할 가장 본질적인 자세만 갖춘 것이다. 그 자세를 민아는 훈우가 죽을 때까지 그대로 가지고 있었다. 아기는 그저 감사한 존재, 예쁜 존재, 소중한 존재일 뿐이어서 황감하게 모셔야 한다는 자세였다. 그래서 그 아기는 1년 간 내가 길러 주었다. 아이를 업고 서서 박사과정 영어 시험을 치기 위해 "보캐뷸러리22000"을 들고 있는 만화 같은 그림이 그려졌다.

어느 날 바자로프 속에서 정치가가 튀어 나와서, 나와서는 자꾸 커져 가서, 민아는 결국 싱글맘이 되는 길을 택했다. 그건 자기가 사랑한 남자가 아니었기 때문이다. 그런 여건 속에서 민아는 스튜던트 론Student Loan(학자금 대출)을 얻어서 생활하면서 아이를 자기가 기르겠다고 고집했다. 아이가 없는 1년 동안이 너무 불행했다면서 함들더라도 아이와 같이 있겠다는데 무슨 말을 하겠는가? 그 후부터 민아는 직접 아기를 기르면서 법대를 제 기간에 졸업했다. 학교에 부속된 유아원이 있었고, 학생의 아이는 무료였기 때문에 그 일이 가능했다.

민아는 바 시험[*]에 단번에 합격했고, 곧 일류 로펌에 취직이 되었다. 자립이 가능하게 된 것이다. 그런데 큰 로펌의 병아리 변호사에게는 퇴근 시간이 없었다. 다섯 시면 끝나는 유아원에서 아이를 찾아와 세 시간 더 봐 주는 곳에 맡기는데, 여덟 시가 되어도 일이 끝나지 않으면, 다시 가서 아이를 업고 와서 사무실에서 재우면서 밤중까지 일을 해야 하는 것이 그 애의 일과였다. 계속할 수 없는 여건이었다. 그래서 민아는 그 자리를 홀홀 던져버리고 연봉이 반밖에 안 되는 검사가 되었다. 조기 졸업보다 더 어려운 것이 한국에서 대학을 졸업하고 간 유학생이 미국에서 검사가 되는 것이라는데, 민아는 금세 검사가 되어 사람들을 다시 한번 놀라게 한 것이다.

검사가 되면 원했던 집이나 차를 살 수가 없다. 변호사보다는 월급이 아주 적기 때문이다. 하지만 후회는 없었다. 본래부터 민아의 사전에는 '후회' 같은 것은 없다. 자기가 원하는 것만 얻으면, 거기에 따르는 손실은 생각을 하지 않는 타입이기 때문이다. 이때 그

---

[*] Bar Examination : 미국의 변호사 자격시험이다.

애가 얻으려 한 것은 하나뿐이다. '다섯 시에 퇴근해서 저녁에 아이를 직접 돌보는 것.'

아이가 열 살 때 재혼한 민아는 연거푸 두 살 터울로 아기를 셋이나 더 낳았다. 이미 암 환자였을 때의 일이다. 암으로 갑상선 양쪽을 다 떼낸 상태인데, 왜 자꾸 아기를 낳느냔 말이다. 이번의 답은 '딸'이었다. 딸을 낳는다고 부부가 계속 나를 놀라게 하더니 결국 검사까지 그만두었다. 위기에 처한 한 젊은이를 변호해 주기 위해서 변호사가 될 필요가 있어서였지만, 그 일이 아니라도 아이가 넷이면 아무것도 할 수가 없다. 그곳에는 대중교통수단이 부실할 때였으니 네 아이를 엄마가 데려가고 데려오고 해야 하기 때문이다. 네 아이의 운전수 노릇을 해야 하니 풀타임으로 변호사를 하기가 어려웠다. 그래서 집에 사무실을 차리고 파트타임 변호사가 되었다. 그나마도 손이 많이 가고 수입은 적은 청소년 변호사를 지원한 것이다.

민아는 청소년들과 호흡이 잘 맞는 어른이었다. 그들을 친구처럼 존중하고 진정으로 사랑했기 때문이다. 그래서 민아는 수입이 아주 적은 변호사였다. 변호사는 분 단위로 면접비를 받는 게 상례인데, 이 변호사는 밤이고 낮이고 고객 하나를 위해 헌신적으로 뛰어다닌다. 한 아이를 살리기 위해 전력투구를 하는 것이다. 변호사라기보다는 전도사라고 보는 게 타당해 보이는 것이 그 애의 새 직

　　　　　　　　　　　民아이야기

업의 실상이었다.

그러다가 어느 날 훌쩍 아이들을 데리고 하와이로 떠났다. 둘째 아이를 고치기 위해서였다. 프라이빗 비치Private Beach 가에 있는 헌팅턴 비치Huntington Beach의 큰 집에 살던 민아는, 내게도 알리지 않고 하와이로 이사를 해 버린 것이다. 헌팅턴에 있던 그 애의 집은 부지런한 남편이 다듬고 고쳐 놓아, 너무나 아름답고 안락했다. 그런 집을 검불 버리듯이 버리고, 잘 데도 마련되지 않은 상태에서 하와이로, 태평양을 건너는 이사를 감행한 그 만용에 우리는 다시 한번 기함을 했다. 며칠 동안 전화가 안 돼서 짜증을 내고 있었는데, 겨우 연결이 되니 딴 사람이 받았던 것이다. ADHD(주의력 결핍 과잉행동장애)를 가진 아이를 넣을 특수학교에 자리가 없어서 미친 듯이 쫓아다니고 있는데, '하와이로 가면 모든 것이 해결될 것'이라는 하나님의 계시를 받았다는 것이다.

그때는 정말로 하늘이 무너지는 줄 알았다. 그런데 민아는 하와이에서 목사가 되어서 나를 다시 한번 놀라게 했다. 하와이에는 신학교를 다니지 않은 사람도, 자격이 있다고 생각되면 목사 안수를 해 주는 교파가 있었다. 그때 민아는 이미 한 몸을 교회를 위해 완전히 바치고 있는 경지였지만, 눈이 망가져서 신학교에 다닐 수 없었다. 길의 중앙선을 식별하지 못할 정도였기 때문이다. 하와이 교회에서 그런 형편을 감안해서 목사 안수를 해 준 것이다. 목회자가 되어 만년을 선교여행을 하며 사는 것이 꿈이었던 민아의 소원이 이루어진 것이다.

목사가 된 것뿐 아니다. 정말로 좋은 선생을 만나 아이의 병이 고쳐져서 민아는 2년 만에 헌팅턴 비치의 일반학교로 아이를 전학시켜 가지고 돌아왔다. 그런데 돌아오자마자 짐도 풀기 전에 훈우를 잃었다. 하지만 하와이는 민아가 원했던 것을 다 준 땅이라 할 수 있다.

아는 사람 중의 하나가 민아를 보고 "팔자가 기구하다"는 고전적 표현을 해서 내가 웃은 일이 있다. 민아를 너무 모르는 말이었기 때문이다. 팔자란 불가항력적인 것을 의미하는데, 민아의 고생은 한 번도 불가항력적인 것이 아니었다. 민아는 아주 단순하게 살았다. 라블레의 가르강튀아*처럼 언제나 자기가 정말로 하고 싶은 것만 하면서 살았던 것이다.

좋은 혼처가 참으로 많았는데, 민아는 사랑 때문에 바자로프를 선택했고, 아이 기르는 시간을 더 가지고 싶어서 대우가 좋은 큰 로펌을 사직했으며, 하나님의 말씀을 정말로 믿었기 때문에 하와

---

* Gargantua : 프랑수아 라블레Francois Rabelais(1494~1553)의 소설 "가르강튀아와 팡타그뤼엘 이야기"의 주인공. 거인인 가르강튀아는 '원하는 것을 행하라'라는 모토를 가지고 인생을 살았다. 프랑스 르네상스를 대표하는 인물형이다.

민아이야기

민아는 사랑 때문에 바자로프를 선택했고.

아이 기르는 시간을 더 가지고 싶어서 대우가 좋은 큰 로펌을 사직했으며,

하나님의 말씀을 정말로 믿었기 때문에 하와이로 직행한 것이다.

그 애가 선택한 건 모두 가시밭길이었다.

내 방법으로in my fashion 살게, 엄마

이로 직행한 것이다. 그 애가 선택한 건 모두 가시밭길이었다. 하와이에서는 본토의 변호사 자격증이 통용되지 않아서, 아이를 넣는 대신 한동안 보조교사 노릇까지 했다. 하지만 그 험난한 길은 운명의 길이 아니라 자기가 선택한 길이었다. 그리고 그 선택은 언제나 삶의 본질과 닿아 있는 것이어서, 우리는 두 손 놓고 지켜볼 수밖에 없었다. 한번 옳다고 생각하면 어떤 손해를 보더라도 한눈을 팔지 않고 자신의 선택에 올인하며 사는 것이 민아의 'fashion'임을 알기 때문이다.

아이가 죽을 때도 민아는 자기 식으로 일을 처리했다. 훈우가 갑자기 혼수상태에 빠져 있는 19일 동안, 민아는 날마다 아이를 살려달라고 하나님께 매달렸다. 마지막 무렵에는 너무 다급해서 물 한 모금 못 마시며 열한 시간을 계속해서 기도만 한 일도 있다고 한다. 그런데 어느 날 하나님이 오시더니 머리를 쓰다듬으면서 "나도 아들을 잃은 일이 있어"라고 말씀하시더란다. "내 아들도 서른셋밖에 안 되었었어." 그 말을 듣자 민아는 훈우가 살지 못할 것을 깨달았다. 그래서 마지막 시간에 심폐 소생술을 거부했다. 그리고 아이의 시신을 병원에 맡겼다.

열은 나는데 병원체를 몰라서 치료를 못해서 발을 동동 구르고 있는데, 아무리 간청해도 먼저 죽은 아이들의 엄마가 해부를 거부해서 날마다 절망 속에서 보내던 때를 생각한 것이다. 그때 자신이

민아이야기

엄마, 동생과 함께, 경주 보문단지에서 민아. 1987년 8월 22일

내 방법으로in my fashion 살게, 엄마

느낀 그 아픔과 절망을 다른 엄마가 또 느끼지 않게 하기 위해서, 앞으로 그 병에 걸릴 많은 아이들을 살리기 위해서, 아이가 남긴 몸에 칼을 대게 한 것이다.

그리고 훈우의 앞날을 위해 모아 둔 저금을 털어 교회에 바쳤다. "그 돈을 다른 데 쓰는 건 안 되죠. 엄마!" 그러면서 민아가 울었다. 옳은 말이다. 그 돈을 어디다 쓰겠는가? 하지만 그때 민아의 집안은 불황의 여파를 받아 아주 많이 어려웠다. 우선 그 돈으로 남편을 돕고, 나중에 저금해서 그만큼을 교회에 기부해도 되는 건데, 그런 융통성이 민아에게는 없었다.

아이 넷을 기르느라고 눈이 팽팽 돌아가게 바쁜 시절에도, 민아는 목요일마다 장애인의 식사 돕기 프로그램에 아이들을 데리고 참여했다. 너무 힘들어 보이니까 내가 "자선사업은 아이들이 더 커서 좀 여력이 생길 때 시작하면 어떠냐?"고 묻자 민아가 대답했다. "그때는 그때 대로 또 바쁜 일이 많을 거예요. 좋은 일은 지금 이 자리에서 시작하는 것이 맞는 것 같아요." 정답이다.

민아는 자기가 버린 것에 대하여 놀라울 정도로 미련이 없다. 신혼 때 어렵게 살다가 겨우 오클랜드에 집을 마련했는데, 그 새집에 들어갈 무렵에 민아는 이혼하고 기숙사로 돌아갔다. 신랑이 그 집을 예쁘게 꾸며 놓고 기다리고 있었는데, 뒤도 돌아보지 않았다. 집이 아니라 그 속에서의 삶이 문제였기 때문이다. 그런 일은 그

이대 졸업식. 아빠와 함께. 1982년 3월

이대 졸업식. 왼쪽에서부터 동생들, 민아, 외할아버지, 엄마. 1982년 3월

내 방법으로in my fashion 살게, 엄마

후에도 여러 번 되풀이됐다.

1990년대에 사이프러스*에서 살았던 민아네 집은 격이 높게 지은 아름다운 저택이었다. 그 집에는 원목으로 만든 아주 귀태 나는 나선형 계단이 있었다.

"우리 딸들이 프롬(졸업 무도회) 때 드레스를 입고 저 계단을 내려오는 것을 보는 게 내 꿈이었는데……."

불황 때문에 집을 판 여주인이 그런 말을 하면서 울더란다. 그 말을 전하면서 민아가 말했다. "엄마! 난 저런 것 때문에는 울지는 않을 것 같아요." 민아는 정말로 사람들이 흔히 꿈꾸는 그런 것 때문에 울지는 않았다. 가난한 남자와 결혼하고서도 한 번도 잘 사는 친구들을 부러워하지 않았고, 몇배나 보수가 많은 변호사 자리를 내놓으면서도 뒤를 돌아다보지 않았으며, 헌팅턴 비치의 아름다운 집을 버리고 하와이에 가면서도 주저하지 않았다. 주말마다 아이들을 보러 하와이에 가야 하는 그녀의 남편이, 그 집이 아까워서 이를 갈고 있었을 뿐이다.

그런 가치관의 차이가 그들을 헤어지게 한 요건 중의 하나였을

---

* Cypress : 캘리포니아 주 오렌지 카운티에 있는 도시다.

것이다. 민아가 종교에 깊이 빠져들수록 부부의 거리가 멀어져 갔다. 무신론자이고 미국식 현실주의자인 그 애의 남편은, 화장도 잘하지 않고 사는 쉰 살이나 된 아내를 그때까지도 황홀하게 쳐다보며 살던 남자였는데, 그 애가 세속에서 자꾸자꾸 멀어져 가는 것을 그는 용납하지 않았다.

민아는 하와이에서, 건물이 없어서 주말에 관공서의 빈 강당을 빌려서 예배를 보는 램지 목사의 가난한 교회에 다니면서, 하나님과 가장 가까운 자리에 도달했고, 그곳을 지고至高의 경지로 생각했다. 그 애의 마지막 소원인 선교만 하며 사는 생활로 드디어 발을 들여놓은 것이다. 그건 세속적인 남편이 따라가기에는 너무 불편한 장소였다.

지적인 여인인 그 애 시어머니가, 아들이 처음 민아를 데리고 가서 보여 주고 나서 소감을 물으니까, 한참 생각을 하더니 "different (다르네)"라고 한마디만 했다는 말을 들은 일이 있다. 그렇다. 민아는 우리와 좀 달랐다. 그래서 상식이 없었다. 남이 어떻게 생각하든 개의치 않았고, 정말로 자기에게 필요한 것 이외에는 보지도 생각하지도 않을 수 있는 과감한 소질을 타고났다.

민아는 바라는 것이 남들과 달랐고, 한번 '아니'라고 결정한 일

내 방법으로in my fashion 살게, 엄마

과는 타협이 안 되는 성격이기 때문에, 늘 힘들게 사니까, 보편적인 안목으로 보면 '팔자가 사나워' 보이기도 하고, '바보 같은 선택'을 하는 사람으로 보일 수도 있다. 하지만 그 애를 오래 지켜본 우리 부부에게는 그 애의 '선택'이, 이로운 것은 아니지만, 궁극적으로는 옳은 것이라는 믿음이 있었다. 그래서 평생 따라다니면서 모자라는 것을 보태주고 북돋아 준 것이다.

종교만 해도 그랬다. 민아는 한번 기독교를 믿자, 진짜로 하나님을 믿어 의심하지 않는 신도가 되었다. 민아는 자기 아이들에게 종교를 강요하지 않았는데, 엄마가 떠난 후 그 애의 딸이 제 발로 교회에 가서 세례를 받았다. 그때 손녀가 내게 이렇게 써 보냈다.

'교회에 가 보니까 우리 엄마처럼 하나님을 정말로 믿는 신자가 많지 않았어요. 우리 엄만 '가장 순수한 크리스천(most genuine christian)'이었던 것 같아요. 엄마가 자랑스러워요.'

민아는 부모에게도 자기식으로 효도를 했다. 그 애는 엄마가 늙었다고 냉장고에 반찬을 사다 넣어 주는 타입의 자상한 딸은 아니다. 음력으로 쇠는 부모의 생일도 제대로 기억하는 법이 없다. 엄마는 더운 때 났으니까 6월 초가 되면 무조건 카드를 보내고. 아빠는 추운 때 나셨으니 12월 초에 카드를 보내 버리는 식이다. 그러

민아이야기

니까 윤달에 태어난 나는 이따금 한 달 전에 생일 카드를 받기도 했다. 설이나 추석 같은 것도 염두에 없었다.

전화도 마찬가지다. 이 과감한 여자는 젊어서부터 공부를 하거나 변론을 준비할 일이 있으면 전화를 아예 꺼버리는 버릇이 있다. 그래서 전화 걸기가 하늘의 별 따기여서 늘 내게서 싫은 소리를 듣는다. 그 대신 자기가 정말로 엄마가 보고 싶은 시간이 되면, 때를 가리지 않고 아무 때나 전화를 건다. 한 시간씩 걸리는 긴 전화다. 내가 정말로 외롭거나 슬플 경우가 생기면 그런 전화가 자주 온다. 그래서 평소의 무심함을 한꺼번에 봉창을 해 버린다. 자다가 전화 벨 소리에 놀라 깼으면서 '딸이 있으니 참 좋구나.' 하는 생각을 하면서 전화를 끊게 만드는 것이다.

선물을 할 때도 마찬가지다. 미리 물어보아서 무어가 필요하다고 하면, 한꺼번에 왕창 사 보내고 오랫동안 잊어버린다. 한번은 '영양 크림'이 필요하다고 했더니 바가지만 한 통에 든 것을 사 와, 한 1년은 썼던 것 같다. 옷을 사 줄 때도 마찬가지다. 어쩌다 돈이 생기면, 바지 정장에 치마까지 곁들여 사 준다. 나는 아마 민아가 마지막으로 사 준 겨울 니트 옷을 죽는 날까지 입을 수 있을 것 같다.

선물을 받는 법도 비슷하다. 고맙다는 말을 써 보내기는 하는데 제대로 챙겨 보기나 하는지 미심쩍은 때가 많다. 물건은 있으면 좋은데, 없어도 그만인 그런 대범한 성격이기 때문이다. 그런데 어느

내 방법으로in my fashion 살게, 엄마

날 아이들 양말을 사러 갔다 와서 전화를 했다. 아이들이 양말이 없다고 하도 난리를 쳐서 데리고 가서 양말을 사 주면서 생각해 보니, 자기가 아이들 양말을 처음으로 사 본다는 걸 깨달았다는 것이다. 아이가 많아지고 자꾸 크니까 내가 양말과 속옷만 보내곤 했는데, 그 무렵에는 디스크 때문에 누워 있는 기간이 길어서 그나마도 못 보내서 민아가 양말을 사러 간 것이다.

"그래서 엄마! 나 종일 찬송가를 불렀다. 그거 있잖아? '왜 구속하여 주는지 난 알 수 없도다.' 하는 구절 말이야."

민아는 나를 위해 무언가를 사러 다니는 일이 거의 없는 엉터리 같은 딸이었는데……. 늘 치다꺼리만 시킨 힘든 딸이었는데……. 나는 늘 그 애가 너무 대견하고 자랑스러워서 어깨가 으쓱했고, 언제나 푸짐한 대접을 받은 것 같아 마음이 가득 찼다. 그래서 다우슨의 시를 나는 이렇게 받아들였다.

'남편과 아이들을 사랑하느라고 겨를이 없기는 하지만, 동이 트는 때나 잔치가 끝나는 쓸쓸한 시간이 되면 나는 늘 엄마와 같이 있었어요, 난 늘 엄마에게 충실했어요. 내 나름의 방법으로 말이에요.'

민아 이야기

도쿄타워

"엄마! 엄마 찌찌 왜 그렇게 커?"

신주쿠에 있는 사우나에 들어가자 민아가 비명처럼 나를 보고 소리를 질렀다. 주변 사람들이 놀라서 쳐다보았다. 나도 깜짝 놀랐다. 나는 달라진 것이 없기 때문이다. 불길한 생각이 들어서 반사적으로 민아의 가슴을 보았다. 그리고 나는 무릎이 꺾여 그 자리에 주저앉았다. 대패로 민 것처럼 민아의 가슴에는 아무것도 남아 있지 않았던 것이다.

민아는 가슴이 큰 편이었다. 가슴이 나날이 커 가던 사춘기 무렵의 어느 날 그 애는 걱정스런 얼굴로 내게 말했다.

"엄마! 이렇게 날마다 크다간 나 글래머가 되겠어! 어쩌면 좋아!"

그 애는 나보다 키도 컸지만 몸이 풍성했다. 36-24-36의 균형 잡힌 몸매를 마흔이 넘도록 그대로 간직해서 티셔츠와 반바지만 입고 있어도 보기 좋았다. 그중에서도 부담스러울 정도로 풍성한 가슴은 그 애의 젊음과 건강의 상징이었다. 그 가슴이 없어진 것이다. 3주 전에 사우나에 같이 갔을 때만 해도 그 애에게는 젖가슴이 남아 있었다. 노인처럼 주글주글해지기는 했지만 아직 유방이 남아 있었던 것이다. 그런데 그 사이에 완전히 폐허가 되어 있다.
가슴이 밋밋해진다는 것이 무엇을 의미하는지 나는 안다. 어머니가 나날이 몸이 줄어들다가 돌아가시는 것을 보았기 때문이다. 사람은 음식을 제대로 먹지 못하는 마지막 시기에, 뱀처럼 자기 몸의 지방을 갉아 먹으며 연명한다. 뚱뚱했던 우리 어머니는 백일 간 누워 계시는 동안에 몸이 아이만하게 졸아들어서 돌아가셨다. 지난 3주 동안에 민아 안에서는 생명의 와해 작업이 저렇게 속도를 더해 가면서 진행되고 있었던 것이다.

손을 댈 여지도 없을 만큼 암이 다 자란 후에야 민아는 자기 병을 발견했다. 아이를 잃고 4년 동안 병원에 한 번도 가지 않았기 때문이다. 그 기간에 민아 안에서는 영성이 나날이 깊어져 갔다. 그래서 지상적地上的인 것에 대한 관심이 줄어들어 가고 있었는데, 암종은 그 틈을 타고 그 애의 위에 자리를 잡으면서 부지런하게 판도를 넓혀간 것이다. 위에서 시작된 암은 아래 부위의 장기로 전이되어 자궁에 13센티미터짜리 돌덩이 같은 종양을 만들어 놓았다. 만져 보니 차돌같이 단단했다. 이미 골수에까지 전이되어 하복부는 점령이 끝난 상태였다. 다급해진 민아는 병원에 가서 복수를 2리터나 빼고 곧장 우리에게로 돌아왔다. 2011년 6월 28일의 일이다.

오자마자 수술이 불가능하다는 판정이 내려졌다. 그냥 두면 여섯 달, 항암치료를 하면 1년 정도는 견딜 거라고 의사가 환자에게 직접 말했다. 그런데 세 번째 항암치료를 받고 나서 민아는 치료를 거부하고 항암제인 젤로다도 끊었다. 고작 몇달 생명을 연장하려고 남아 있는 귀한 시간을 게우고 설사하면서 보낼 이유가 없다는……. 단호한 결정이었다. 8월 23일부터 그 애는 병원에서 완전히 자퇴해 버렸다.

말을 잘 듣다가도 한번 '아니' 하면 그만인 성격이다. 말리다 못해 우리는 유명하다는 한방병원을 수소문했다. 식이요법을 시작하고, 하남까지 가서 한방 항암제인 넥시아를 처방받았다. 침을 맞았고 온열치료도 했다. 그런데 한의사도 낫는다는 말은 하지 않았다. 이미 넥시아로 다스릴 단계가 지났으니 현상 유지나 해 보자는 정도였다. 그러면서 항암치료 효과가 석 달 정도는 가니 11월 말까지는 소강상태가 지속되겠지만 그 후부터 갑자기 악화될 것이라는 말을 내게 했다.

그의 말이 맞았다. 항암치료를 세 번 받고 끝냈는데 기적처럼 복수가 멎었다. 민아는 그것을 하나님이 역사하신 것이라고 믿고 싶어했다. 그래서 그 후 석 달가량 소강상태가 지속되자 교역敎役에 전력투구를 했다. 적당히 하지 못하는 성격이라 한번 시작하면 성신이 임할 때까지 멈추지 않는……. 세 시간, 네 시간씩 계속되는 집회를 매일 집전했다. 완전히 신에게 의탁하고, 믿음 위에 굳건하게 선 자의 안식이 그의 세계에 충만하여 보는 사람들 마음도 편안해졌다. 죽음의 자리를 향해 경건하게 걸어가는 중세의 성녀들처럼 죽음을 향해 걸어가는 그 애 둘레에는 원광이 어리는 것 같았다. '네 믿음이 너를 구제하리라'라는 성경 구절 생각이 났다.

그렇게 석 달이 지나갔다. 마지막 안식의 시간이었다. 내 눈에는 날마다 자기 몸의 지방을 갉아먹으면서 조금씩 죽어가는 무서운 형상이 여전히 보였지만, 복수가 차지 않자 본인은 그 석 달 동안에 지복至福의 삶을 살았다. 그 기간에 민아는 베스트셀러가 된 책을 세 권이나 썼고, 매일 교회에 가서 집회를 열었다. 찬송과 기도 속에서 축복이 넘치는 시간들이었다. 비명 소리 한 번 안 내고 암이 갉아먹는 몸속에서 웃으며 감사하는 시간을 보내는 것은 기적이고 축복이었다.

하지만 세속의 삶은 그동안에도 멈추지 않고 진행되어 그녀의 발 아래에 어려운 문제들을 쌓아 놓고 있었다. 딸의 체류기간이 차온 것이 그중의 하나였다. 전남편에게 사정해서 겨우 데리고 온 막내딸의 체류기간이 만기가 되어 왔다. 그 애 아빠는 병을 모르는 건강한 사람이어서 민아의 명이 길지 못하다는 사실을 받아들이지 않았다. 딸 바보인 그는 민아가 영원히 살 줄 알았는지, 아이를 아주 빼앗길까봐 여권 연장을 거부해 버렸다. 그러면 아이는 학교에 갈 수 없게 되니 일단 외국에 나갔다 올 수밖에 없다.

11월 20일경에 내가 디스크가 도져서 병원에 가 치료를 받고 있는데, 남편에게서 다급한 전화가 왔다. 민아가 상의 한 마디 없이 불쑥 아이와 자기의 일본행 비행기표를 샀다는 것이다. 너무 놀라서 나는 숨을 쉴 수 없었다. 의사가 절대로, 절대로 비행기나 기차를 타서는 안 된다고 경고했기 때문이다. 병세가 확 나빠질 확률이 많단다. 내가 데리고 잠깐 나갔다 오면 되는 건데, 달래도 야단쳐도 말을 듣지 않으니 할 수 없이 나도 쫓아가서 같은 비행기의 표를 샀다. 따라가서 시중이라도 들어 줘야 할 것 같아서다. 민아는 그 몸으로 이코노미를 샀고, 게다가 상식이 없어서 하네다로 해도 되는 걸 나리타행으로 사 놓았다.

이코노미를 타고 나리타에 닿으니 민아는 이미 그로기 상태였다. 리무진 속에서 고통을 참느라고 신음하다가 겨우겨우 신주쿠의 호텔까지 갔다. 가자마자 그 애와 나는 사우나로 직행했다. 그리고 다음 날 돌아올 때까지 거의 거기에서 나오지 못했다. 마사지를 받으면 덜 아프니까 거기서 음식을 시켜 먹으면서 뭉갠 것이다.

그 와중에도 민아는 잠시 틈을 내서 아이에게 도쿄타워를 보여 주러 나갔다. 둘이만 가고 싶어 하는 눈치를 보여서 나는 호텔에 남아 있었다. 11월 말인데 이미 도쿄타워에는 산타클로스가 있더란다. 둘이는 산타클로스와 사진을 찍기도 하고, 딸이 거리에서 엄마를 업어 주기도 하면서 그 시간을 즐겼다. 단둘이 여행한 것은 그때가 처음이어서 엄마를 독점한 아이가 많이 좋아했다. 목숨을 걸고 야단맞아가면서 감행한 그 여행의 목적은 실은 민아가 딸과 가진 이별 여행이었던 것이다. 아이는 아마 평생 도쿄타워를 잊지 못할 것이다. 잊지 못하기는 나도 마찬가지다. 나는 아마 다시는 도쿄타워를 보지 않을 것 같다.

그 애와 내가 서로의 가슴을 보고 기함한 사우나로 다시 돌아갔다. 생각해 보니 한의사가 예언한 석 달이 막 차 오고 있었다. 민아

도쿄타워 근처. 민아와 딸. 2011년 11월 23일

도쿄타워

가 책을 쓰고 기도하면서 신을 보는 경지에 다다르는 동안에도 암은 쉬지 않아서 그녀의 젖가슴의 남은 지방을 다 갉아먹어 버린 것이다. 늘 팽팽하게 생명력이 충만해 있던 그 애의 피부밑에서 가슴까지 완전히 사라질 단계가 온 것이다.

가슴만 줄어든 것이 아니다. 그 석 달 동안에 밥그릇에도 변화가 왔다. 시시각각 생명이 줄어들고 있다는 사실을 나는 그 애에게 해 보내는 음식 그릇의 크기에서도 느껴야 했다. 몸에 해로울까봐 몽땅 새로 사들인 유리 락앤락 그릇이 점점 사이즈가 줄어들어 가고 있었다. 많이 보내면 질려서 못 먹고 돌려 보내니까 먹을만큼 조심스럽게 계량해서 잣죽이나 깨죽 같은 것을 담아 보내는 그릇이 점점 작아져 갔다. 마지막에는 제일 작은 그릇을 새로 사야 했다. 그래서 우리 집에는 작은 '락앤락'이 지금도 수두룩하다. 요즘도 나는 부엌에 들어가면 미니멈으로 줄어들었던 소형 '락앤락' 그릇 앞에서 우두커니 서 있는 버릇이 있다. 민아의 마지막 아홉 달은 날마다 생명이 졸아드는 과정이었다. 이상의 말대로 정말로 연필을 깎듯이 날마다 생명이 깎여 나가고 있었다.

항암치료 기운이 떨어질 무렵에 무모하게 도쿄에 다녀온 것은 아주 치명적이었다. 다시 복수가 차기 시작했다. 추운 계절이 다가오는데 민아는 주기적으로 복수를 빼면서 세월을 보냈다. 말 안 듣고 일본에 가서 건강을 더 망친 것이 미안하니까, 처음에는 복수가

민아이야기

찬 것을 속이려고 저희끼리 응급실에 가기도 했다. 섣달 그믐날에는 그 몸으로 밤새 응급실에서 기다린 일도 있다 한다.

그 겨울에 민아는 생명이 허술해져서 추위를 많이 탔다. 안 전체에 털을 댄 나의 긴 코트가 아니면 그 추위를 막을 방법이 없었다. 마지막 겨울에 그 애가 입고 있던 그 코트는 너무 무거웠다. 체중이 나날이 줄어드는 몸으로 유난히 추웠던 그 긴 삼동三冬 내내 민아는 덕석같이 무거운 털 코트 밑에서 복수와 싸웠다.

그 지겨운 코트를 겨우 벗을 계절이 왔는데, 민아에게는 더 이상 생명이 남아 있지 않았다. 추위에 떨며 살다가 그 애가 사라지자 마자 놀리는 것처럼 온 세상 꽃들이 환호성을 지르며 피어나기 시작했다. 1.4 후퇴 때 인민군에게 끌려가다가 도망친 박완서 선생이 교하의 어느 집 마당에 흐드러지게 피어 있는 꽃들을 보자 "미쳤어!" 하고 비명을 지르던 장면이 생각났다. 현실과 계절의 어긋남에 대한 분노였다. 나도 봄꽃을 용서할 수 없었다. 그렇게 4년이 지났는데 지금도 나는 4월이 되면 사방에서 피어나는 꽃들이 보기 싫어서 외출을 되도록 피한다. 환자들은 계절의 전환을 견디지 못하여 환절기에 많이 떠난다. 날이 풀리는 것조차 감당하지 못하는 그들의 가난한 생명력이 아프다.

더 이상 집회를 열 수 없게 되자 신도들이 집으로 찾아와서 기도를 해 주었다. 그 무렵에는 추위를 무릅쓰고 언덕을 올라와서 몇시간씩 부풀어 오른 배에 손을 얹고 기도해 주는 사람들이 많아서 나는 그 애 집에 갈 기회도 잡기 어려웠다. 그들이 민아의 진정한 가족 같아서 믿지 못하는 나는 자리를 양보하지 않을 수 없었다. 민아도 그들도 이제는 하나님이 병을 고쳐 주지 못하리라는 것을 알고 있었다. 민아는 그것을 흔쾌히 받아들이고 있었다. 자기만이 치유의 혜택을 거듭 받는 것은 온당하지 못하다는 말을 자주 했다. 하지만 신자들의 기도는 나날이 처절해져 갔다. 믿지 못하는 나는 그들처럼 매달릴 신도 없어 속수무책이었다. 발밑에서 지반이 무너져 내리는 그 느낌……. 옆에 끼고 있을 수도 없는 것이 출가한 딸의 처지여서 우리 부부는 하루에 한 차례밖에 그 애를 볼 수 없었다.

발렌타인데이가 되었다. 그 애 남편이 아내를 기쁘게 해 주려고 힐튼 호텔로 데리고 갔다. 아버지가 꽃바구니를 두 개나 보내 주었다. 저녁에 볼 일이 있던 우리 부부는 늦은 시간에 그 애 방에 찾아갔다. 지배인도 보라색 카틀레아 화분을 보내왔다. 민아가 그중에서 제일 큰 꽃 한 송이를 따서 내 옷에 꽂아 주었다. 나는 그 꽃을 소중하게 들고 와서 책갈피에 간수했다. 그것이 내가 그 애에게서 받는 마지막 꽃인 것을 알았기 때문이다. 떠나면서 안아 보니 하얀색 블라우스 안의 목이 간당거릴 정도로 가늘어져 있어, 돌아오는 차 속에서 내내 울었다.

호텔에 하루 더 있겠다고 하더니 다음 날 밤에 복수가 차서 병

민아가 그중에서 제일 큰 꽃 한 송이를 따서 내 옷에 꽂아 주었다.

나는 그 꽃을 소중하게 들고 와서 책갈피에 간수했다.

그것이 내가 그 애에게서 받는 마지막 꽃인 것을 알았기 때문이다.

…… 봄꽃을 용서할 수 없었다.

그렇게 4년이 지났는데 지금도 나는 4월이 되면

사방에서 피어나는 꽃들이 보기 싫어서 외출을 되도록 피한다.

도쿄타워

원에 가야 한다는 전갈이 왔다. 승무차를 타고 급히 병원에 달려가 보니 민아는 서 있기도 어려운 상태였다. 누선(눈물샘)이 고장 난 것처럼 눈물이 줄줄 넘쳐 흘렀다. 보기만 하면 운다고 결국 나는 집으로 쫓겨났다. 한 사람밖에 있을 수 없는데 손녀가 병실을 지키 겠다고 우겼기 때문이다. 그리고 한 달 만에 민아는 심장마비로 우 리 곁을 떠났다.

4년의 세월이 그 죽음과 나 사이에 가로놓여 있다. 하지만 나는 지금도 사우나에 갈 때마다, 거기서 민아를 만난다. "엄마 찌찌가 왜 그렇게 커?" 하며 민아가 만날 때마다 놀란다. 나도 놀란다. 아 우를 다섯 살에 본 민아는 오래도록 내 가슴을 주무르며 자랐다.

"엄마! 나는 찌찌가 그렇게 좋아."

밖에서 들어오면서 찬 손을 가슴에 쑤욱 집어넣으면 내가 자지 러지는 것을 보고 그런 말을 하던 아이. 민아는 늘 터져 나갈 듯이 생명이 충만한 아이였는데……. 풍성하던 가슴도 잃고 몸마저 암 이 다 갉아먹어서 쉰셋에 세상에서 사라졌다. '어디가 무엇이 되어 다시 만나랴' 믿음이 없는 나는 그 애를 생각할 때마다 절망에 휩 싸인다.

민아이야기

마지막 날의 민아

사람이 육체를 가지고 평생 생명을 부지하면서 살아 가려면, 그 육체에 해 주어야 하는 몇가지 기본적인 의무가 있다. 먹이는 것이 첫 번째, 재우는 것이 두 번째 의무라면, 고장난 곳을 때맞춰 고쳐 주는 것은 세 번째쯤 되는 의무가 아닐까 싶다.

그런데 우리 딸은 그 세 번째 의무를 늘 소홀히 했다. 어렸을 때 내가 열심히 잔소리를 하는데도 독서하는 자세가 나빠서 눈을 버렸다. 눈이 나쁜 집안에서 태어났으면 조심을 해야 하는데, 밤마다 누워서 너무 오래 독서를 했기 때문이다. 초등학교 2학년 때에 이미 고도근시가 되어, 눈이 뱅글뱅글 도는 것처럼 보이는 알이 두꺼운 안경을 끼게 되었다. 민아는 눈이 크고 예쁜 아이다. 그런데 그 안경을 끼면 눈이 가늘고 밉게 보여서 늘 가슴이 아팠다. 나중에 콘택트렌즈가 나와서 그 문제는 겨우 해결되었다. 하지만 시력은 점점 더 나빠져서 대학에 들어갈 무렵에는 겨우 입학이 가능한 하한선下限線에 다다라 있었다.

민아는 그때부터 눈 때문에 고생했다. 누워서 책을 보다가 안경을 잘못 다루어서 안경다리가 부러져 속을 썩였고, 눈이 안 보이니까 안경 찾기도 힘이 들어했다. 콘택트렌즈는 또 잔심부름이 얼마나 많은가? 조금만 과로하면 결막염에 걸리니 안과에 들락날락 하는 것도 고역이었고, 시험 때에 눈에 염증이 생기는 일도 많아서 눈 때문에 편안할 날이 얼마 되지 않았다.

그런 눈을 가지고 민아는 미국에 유학을 갔다. 내가 도울 수 없는 곳으로 떠난 것이다. 민아는 혼자 병원에 갈 줄을 모르는 아이다. 어려서부터 숙제나 공부 같은 것은 알아서 혼자 잘 하는데, 현실감각은 둔했다. 그중에서도 병에 대한 무신경함은 알아줘야 한다. 어른이 된 후에도 죽을 정도로 아프지 않으면 제 발로 병원을 찾는 일이 거의 없다. 그러니 자꾸 큰 병에 걸린다. 병에 걸리는 것이 아니라 병을 클 때까지 키우는 것이다. 그래서 어쩌다가 전화라도 안 받는 날에는 내가 잠을 자지 못한다. 민아가 금세 큰 병에 걸

안경을 낀 12세의 민아와 다섯 살 아래 동생

마지막 날의 민아

려서 병원에 입원해 있을 것처럼 느껴지기 때문이다.

그래서 서른 살에 갑상선 암에 걸렸을 때부터, 나는 손도 닿지 못하는 남의 나라에서 민아가 죽을까봐 늘 두려움에 떨었다. 세리토스에 살 때는 포레스트 론Forest Lawn 묘지를 지나야 민아네 집이 있었다. 잘 손질된 잔디밭에 고인의 이름을 새긴 같은 크기의 자그마한 동판만 깔려 있는 미국의 묘지들은, 공원처럼 아름답고 평화롭다. 하지만 암을 앓고 있는 딸을 가진 나는 그 묘지에 그 애를 묻고 내가 와서 울고 있을 것 같은 두려움 때문에 그 길을 아주 싫어했다. 그건 나의 30년간의 계속된 옵세션이었다. 오죽했으면 민아가 쉰셋에 세상을 떠났을 때, '그래도 쉰은 넘겼구나' 하는 탄식이 나왔을까.

그러니 민아를 미국으로 유학보냈을 때 내가 제일 힘들었던 것은 건강관리였다. 눈만 해도 수시로 검사하고, 치료 받고, 안경을 바꾸고 하지 않으면, 시력이 나빠져서 공부를 계속하지 못할 위험이 있는데, 갑상선에도 심상찮은 이상이 있었다. 기능항진이다. 꼬박꼬박 때 맞추어 체크를 하고 약을 정확하게 먹어야 건강이 겨우 유지되는 형편인데, 병원에 때맞춰 갈 줄을 모르니 환장할 지경이었다.

그래서 신랑이 바쁠 때는 동생에게 부탁해서 억지로 병원에 데려가게 내가 여기에서 주선을 한다. 그런데 미국 식구들 중에서 제일 한가한 그 동생은, 녹내장을 앓는 중환자여서 운전을 할 수 없었다. 그래도 다른 형제들은 직장에 다니니, 별수 없이 그에게 전화를 걸곤 했다.

본인이 말을 안 들으니까 사위에게도 일깨우는 전화를 한다. "콘택트렌즈를 체크해야 할 때가 되었는데……."라든가 갑상선 검사일 같은 것을 슬쩍 귀띔하는 것이다. 하루는 사위가 내게 "그 먼 곳에서 어떻게 민아 건강을 그렇게 정확하게 아세요?"라고 물은 일이 있다. 민아의 눈과 갑상선은 그렇게 때맞춰 챙기지 않으면 당장 큰 병으로 발전할 가능성을 가지고 있는 위험한 상태니 무심해질 수가 없었던 것이다.

내가 나이를 먹어가며 병치레를 하느라고 그 일을 제대로 하지 못하게 되니, 민아는 큰 병에 걸리기 시작했다. 처음 걸린 큰 병이 갑상선암이다. 태평한 성격이라 편지에는 언제나 '행복하다', '건강하다'는 말만 쓰니까 잘 있거니 하고 있었다. 그런데 민아 아버지가 장관이 되어 2년 동안 못 가다가 1992년에 둘째 아이 낳는 것을 돌보러 간 나는, 공항에 나온 민아를 보고 기함을 했다.

만삭인 데다가 헐렁한 빨간 코트를 입고 있기는 했지만, 몸이 엄청나게 부풀어 있었다. 몸의 형상이 물둠벙 같기도 하고 애드벌룬 같기도 하고…… 무언가 엄청나게 큰 둥근 것을 보는 기분이었다. 그런 이상 비대 현상은 병일 수밖에 없다. 병도 아주 큰 병임이 분명하다. 나도 그만한 나이에 갑상선에 이상이 생긴 일이 있다. 내 경우는 민아와는 반대여서 나날이 꼬챙이처럼 말라 가고 있었다. 체중이 36킬로그램까지 내려 가서 간디처럼 말랐던 것이다. 기운이 없어서 5미터만 걸으면 앉아서 쉬어야 할 정도였다. 민아에게는 반대현상이 나타난 것 같았다. 상식을 넘어선 비대증 말이다. 민아 내외는 건강에 신경을 쓰지 않는 타입이어서 태평하게 웃고 있는데, 나는 가슴이 철렁 내려 앉았다. 살펴보니 목이 엄청나게 부풀어 있었다.

"갑상선 검사를 언제 한 거야?"

내가 사색이 되어 다그치자 "동네 의사가 안 해도 괜찮대서 안 했지 뭐" 하면서 민아가 얼버무렸다. "그 의사가 갑상선 전문의니?" 내가 막 화를 냈지만, 민아는 별거 아니라면서 나를 달래러 들었다. 그런데 그게 별거였다. 암이었던 것이다. 당장 그날 오후에 갑자기 아기가 움직이지 않는 증상이 나타났다. 양수가 느닷없이 말라 버려서 아이가 죽게 생긴 것이다. 아이는 그 몇분 동안의 호흡곤란 때문인지, 집안에 없는 ADHD에 걸려서 중학 과정까지 특수 학교를 다녀야 했다.

민아는 아이를 낳자마자 갑상선암 수술을 받았다. 암종이 양쪽

민아이야기

갑상선에 꽉 차 있어서 할 수 없이 양쪽 갑상선을 떼어 냈다. 평생 갑상선 호르몬 약을 공급받아야 할 처지가 된 것이다.

"엄마! 늙어서 기억력이 나빠져 약 먹는 걸 잊으면 어쩌지?"

민아가 그런 걱정을 할 정도로 사태는 심각했다. 열어보니 암종이 알밤처럼 탱글탱글 영글어서 일제히 밖으로 터져 나오려 하고 있는 중이더란다. 마치 누가 양손으로 못 나가게 필사적으로 막고 있는 것 같은 느낌을 주는 형상이어서, 칼을 잡은 의사들이 "오! 마이 갓!Oh! my god!"하고 비명을 질렀다는 것이다. 다행히도 다른 부위로 전혀 전이되지 않아서 목숨은 건졌다. 갑상선만 1년에 한 번씩 체크하면 된다고 했다. 하지만 그 체크하는 과정이 엄청나게 힘들었다.

그때부터 10년 동안의 고통스러운 투병생활이 계속되었다. 암이 두 번이나 도져서 재수술을 하면서 해마다 요란스러운 갑상선 검사를 받아야 했다. 1년에 한 번이라지만 검사 기간이 자그마치 한 달 반이나 된다. 갑상선 세포에만 암이 다시 생기니 한 달 반 동안 갑상선 호르몬 약을 끊어서 갑상선 세포를 최소한으로 줄이고 나서, 방사선으로 남은 암세포를 없애는 치료법이다. 호르몬 약을 오래 안 먹어야 암 세포 수가 적어져서, 방사능의 양도 많지 않아

후유증이 적다는 것이다.

검사를 시작하면 약을 끊어야 하니까 갑상선 호르몬이 줄어서 컨디션이 나날이 나빠진다. 날마다 한 단계씩 더 힘들어지는 것이다. 그래도 한 달이 될 때까지는 무리를 해서라도 아이들을 학교에 데려다 주는 일을 할 수 있다. 하지만 마지막 보름 동안은 완전히 파김치가 되어 널브러지니 운전을 할 수 없다. 아이가 넷이나 되니 친구들에게 부탁할 수도 없어서 내가 가서 아이들을 실어 날라야 한다. 그래서 해마다 내가 갈 수 있는 겨울 방학에 검사 시기를 맞추었다. 그런 치료를 10년 동안 계속했다. 그러면서 그 10년 동안에 민아는 내가 말리는데도 고집을 부리며 아이를 둘이나 더 낳았다. 딸을 낳기 위해서였다. 그리고 일도 했다.

그 병은 치료도 간단하지만, 치료 후 호르몬 약을 다시 먹기 시작하면 금방 건강이 회복되는 장점이 있다. 그래서 내가 민아를 보고 '해마다 부활하는 여인'이라고 놀리곤 했다. 그 부활하는 3일 동안에 민아와 나는 둘이서만 호텔에 머문다. 병원에서 쏘인 방사선이 아기들을 해칠까봐 집에 못 가게 하기 때문이다. 같이 있으면 할 말이 너무 많은 우리는 그 기간을 즐겼다. 그렇게 단둘이만 있을 수 있는 시간이 우리에게는 없었기 때문이다. 호텔은 세리토스의 시빅 센터 근처에 있었다. 주변도 아름답고, 문화시설도 많으

하나님이 어떻게 자기에게만 계속 치유하는 은사를 내리겠느냐면서

민아는 조용히 죽음을 받아들였고, 자기식의 버킷리스트를 만들었다.

…… 그 긴 투병 기간에 민아는 내게 아프다는 말을 한 일이 거의 없다.

비명 한 번 안 지르며 혼자서 병과 싸운 것이다.

마지막 날의 민아

며, 음식점도 있어서 불편한 것이 없었다.

10년 만에 암 세포가 홀연히 사라져 버리는 기적이 일어났다. 검사하러 갔더니 이유도 모르게 암세포가 갑자기 없어져 버렸더라는 것이다. 모두들 환호성을 올렸다. 호르몬 암은 고칠 수 없다는 선고를 받고 있었기 때문에 그건 기적으로 받아들여졌다. 믿음이 깊은 민아는 하나님이 고쳐 주셨다고 믿고 감사하는 기도를 새벽마다 올렸고, 믿음이 없는 나는 한국에서 내가 계속 다려 보낸 장생 도라지가 효험을 나타낸 것일지도 모른다는 세속적 판단을 내렸다. 20년 묵은 장생 도라지에는 사포닌이 인삼의 두 배가 있다고 민아가 정보를 주어서 보내게 된 약이다. 아직 락앤락이 안 나왔을 때여서 한약을 식혀서 알루미늄 용기에 넣고 납땜해서 보내야 하니 절차가 복잡했다.

그때부터 민아의 전성기가 시작되었다. 항상 갑상선의 기능이 저하가 아니면 항진이어서 컨디션이 나빴는데, 약을 먹으니 호르몬 양이 알맞아서 컨디션이 오히려 좋아졌다. 검사를 받는 것만이 문제였는데, 이제 그것도 끝났으니 혈색이 돌아왔고, 건강해졌다. 막내 아이도 유치원에 들어가서 기저귀에서도 해방되었고, 둘째 아이도 일반학교로 옮길 만큼 호전됐으며, 남편과의 관계도 원만했다.

사회적인 면에서도 그 기간은 전성기였다. 경력이 쌓여 변호사로서의 명성도 얻었고, 선교사로서도 널리 알려졌으며, 하와이에 가서 목사 안수도 받았다. 아프리카와 남미, 한국 등으로 선교여행을 다니면서, 변호사 일과 선교활동을 병행하는 생활을 마음대로 하는 것이 민아의 소원이었는데, 그 일을 할 수 있는 여건이 만들어진 것이다. 민아의 40대는 생애의 절정을 이루는 느낌이 들만큼 여러 면에서 풍성했다.

그런데 2007년 8월에 메마른 캘리포니아의 하늘에서 날벼락이 떨어졌다. 버클리 대학 사학과를 나와 법대 입시를 준비하고 있던 큰 아들이 갑자기 혼수상태에 빠진 것이다. 그 애는 열이 나다가 갑자기 의식을 잃었고, 고열에 시달리며 경련을 일으키다가 19일 만에 총총히 세상을 떠났다.

민아가 무너져 내렸다. 기운이 없어서 일어나 걷기도 어려워졌고, 갑자기 당뇨가 생겨 시력이 더 악화되었다. 도로와 중앙분리대를 구별하지 못하고, 클라이언트와 검사의 얼굴을 혼동하는 경지가 된 것이다. 운전이 불가능해졌고, 변호사 일도 할 수 없게 되었다. 체력도 나날이 줄어들어 갔다.

'화불단행禍不單行'이라던가. 캘리포니아는 그때 역사상 최악의 경제공황에 휩싸여 있었다. 불황이어서 둘이 벌어야 아이들을 미션 스쿨에 보내고 큰 집을 유지할 수 있는데, 민아가 주저앉아 있는 기간이 길어지니 생활도 위협을 받았다. 40일이 지나니 남편이 비명을 지르기 시작했다. 그런 상태가 몇달 더 이어졌더니 남편이 별거하자고 제안했다. 불황 때문에 너무 힘이 드는데 민아가 일어설 가망이 없어 보이니 답답하기도 했을 것이고, 눈이 안 보여 일도 할 수 없는 몸으로 평생 울기만 하면서 자기를 힘들게 할 것 같아 겁도 났던 모양이다. 잔소리 한 번 하지 않던 사람이, 너는 나의 이상적 여인이라고 늘 존중해 주던 사람이, 생전 사랑한 일이 없는 것처럼 냉혹하게 나오니 별거를 하는 수밖에 다른 방법이 없었다.

그렇게 하여 17년간의 결혼생활이 파탄이 났다. 흡족한 사랑을 받아 별처럼 빛나던 아이들을 가진 아름다운 한 가정이 무참하게 무너져 내린 것이다. 민아는 시력이 너무 나빠져서 변호사 일을 할 수 없으니 수입이 없는 데다가 운전도 할 수 없는데 싱글맘이 되었으니 역사상 최악의 상태에 직면한 것이다. 막상 아이들을 데리고 집을 나오니 손에는 쥔 것이 아무것도 없었다. 민아에게는 이를 악물고 자기 몫을 챙겨 놓는 현실적인 면이 없는 데다가 아이들 때문에 오랫동안 일을 제대로 할 수 없어서 여축이 거의 없었다. 그래서 민아에게는 의료보험이 없었다. 암을 앓은 경력이 있어서 개인으로 보험을 들면 보험금이 엄청나니까 아예 없이 살기로 결정한 것이다. 가뜩이나 병에 대해 겁이 없는데 핑계까지 있으니 이혼하고 4년 동안 민아는 건강체크를 거의 하지 않았다.

천생 한국에 불러다 체크하는 수밖에 없는 형편이었다. 우선 눈이 급하니 2010년 여름에 오게 해서 눈 검사부터 했다. 그런데 희한한 일이 일어났다. 하와이에서 실명상태에 이르게 했던 망막박리 증상이 깨끗이 나아져 흔적도 없어진 것이다. 망막을 앓은 자국이 전혀 없다고 의사가 단언하면서 민아에게 말했다.

"아마 오진이었거나 댁이 영어를 잘못 알아들은 거겠죠."

있을 수 없는 일이 또 한 번 일어난 것이다. 눈이 안 보이니까 너무 다급해서 미국에서 열한 군데나 찾아다니면서 검사를 받았고, 매번 수술 거부를 당했던 절망적인 상태의 망막이 홀연히 나았다고 하니 민아는 하나님이 고쳐 주셨다고 감사하는 기도를 올리고 또 올렸다. 지금은 망막에 아무 이상이 없으니 백내장 수술만 하면 시력이 회복될 수 있다는 반가운 진단이 내려졌다. 우리는 너무 기뻐서 온 가족이 환호성을 올렸다.

2011년 3월에 김안과에서 백내장 수술을 받았다. 결과는 성공적이었다. 난시도 없어지고 시력도 완전히 회복되었다. 민아는 40여 년 만에 처음으로 온전한 시력을 가지게 되었다. 자기 얼굴을 있는 그대로 본 것도 그때가 처음이었다. 마지막 1년 동안은 세상을 있는 그대로 볼 수 있는 정상 시력을 지닐 수 있었던 것에 하나님께 감사를 드린다. 처음으로 안경 없이 책을 읽고 글을 쓸 수 있는 축복받은 세월이었다. 그래서 민아는 집필을 시작했다. 그 1년 동안에 세 권의 책이 나왔고, 모두 베스트셀러가 되었다. 모두 종교적인 책이다.

민아에게는 그 밖에도 쓰고 싶은 책이 아주 많았다. 미국 교포들의 부모 자식 간의 문화적 갈등에 관한 것도 주제 중의 하나였다. 말이 통하지 않는 부자 관계, 문화가 다른 데서 자란 부자 관계의, 그 넘을 수 없는 갈등은 민아가 가장 가슴 아파한 문제였다. 자식을 기르는 부모로서 민아는 부모세대에 공감을 느꼈고, 자식을 기르는 부모로서 민아는 청소년들의 아픔에도 공감을 가지고 있었기 때문에 무언가 도움이 될 길을 함께 찾을 수 있다고 생각한 것이다.

그 다음은 낯선 문화 속에서 자라는 소수민족 청소년들이 안고 있는 문제들이었다. 민아가 수입이 적은데도 청소년 변호사가 된 것은 그들의 어려움을 조금이라도 덜어 주어야겠다는 사명감 같은 것 때문이었다. 법정에 서서 보면, 말이 통하지 않는 외로움 때문에 접근해 오는 갱들에게 포섭되기 쉬운 아이들이 많았다, 말이 서툴기 때문에 그들에게 이용당하여, 알지도 못하는 사이에 사람을 생매장하는 일에 망을 보는 역할을 해서 중형을 받는 아이들도 있었다. 그들은 말이 서툴러서 법정에서 자신의 억울함을 호소할 능력도 없었다. 좋은 대학에서 입학통지서를 받고 기분이 좋아서 공원을 산책하러 나간 학생이, 한국말로 말을 걸어오는 동포 학생과 어울렸다가 깡패집단에 휩쓸린 일도 있었다. 상대방의 정체를 눈치채고 빠져나오려다가 그 아이는 깡패들에게 생매장을 당했다. '땅 끝에 서 있는 아이들'의 이야기다.

그 모든 아이들이 한국말과 영어를 같이 하는 변호사, 비싼 수임료를 받지 않는 변호사, 그들을 살리려고 헌신적으로 애를 쓰는, 종교적 사명을 가진 변호사를 필요로 했다. 변호사뿐 아니다. 그런 목회자도 필요했다. 민아가 미국에서 가장 감명을 받은 목사님은 사랑의 교회에서 비행청소년들을 돌보는 목사님이었다. 제 자식도 내다 버리고 싶게 미운 짓을 해대는 사춘기의 아이들, 그중에서도 말썽을 가장 많이 부리는 비행청소년들을 모아서 선도 하려고 전 생애를 바치는 목사님을 민아는 진실로 존경했다. 그게 얼마나 어려운 일인가를 알기 때문이다. 그래서 민아는 그 목사님과 손을 잡았다. 그분이 부탁하는 아이 하나를 변호하기 위해 검사직을 그만두는 결정까지 내리고 시작한 것이 법을 통한 선교사업이었다. 그 과정에서 민아는 사소한 실수가 일생을 망치는 계기가 될 수 있다는 교훈을 얻었다. 그래서 민아는 그런 문제들을 책으로 써서 학생들에게 알리고 싶어했다. 요즘도 나는 민아가 남겨 놓은 그런 문제들에 대해 다른 분이 관심을 가지고 수행해 주기를 빌고 있다. 누군가가 남긴 뜻을 받드는 그런 차원이 아니라 그런 아이들을 구제

쓰고 싶은 책이 열 권도 넘던 민아, 선교하러 가고 싶은 나라가 열 개도 넘던 민아,
내가 죽으면 머리를 풀고 저승에까지 들릴 애절한 울음을 울어 주어야 할 딸인
우리 민아는, 병들어 떨리는 다리를 신앙으로 버티고 서서
마지막까지 하나님께 영광을 돌리는 일에 몰두하다가
쉰셋, 그런 나이에 세상을 떠났다.

민아이야기

하고 싶은 갈망 때문에 그 일을 하는 사람들 말이다.

눈 수술을 하느라고 민아는 집에 와서 한 달 동안 있었다. 실로 오래간만에 얻은 긴 휴가였다. 서울을 떠난 후 30년 동안 민아는 1년에 한 번쯤 집에 와도 오래 쉴 수 없었다. 아이들 때문이다. 넷을 다 데리고 와도 오래 있을 수 없었지만, 다 데리고 오지 못해도 두고 온 아이들 때문에 1주일을 넘기기가 어려웠다. 한 달이나 같이 있어 본 건 그때가 처음이다. 더구나 혼자 와서 말이다. 장기 체류니까 아이들을 저희끼리 두고 온 것이다.

그래서 민아가 다섯 살에 아우를 본 후에 처음으로 부모하고만 같이 사는 오붓한 생활이 시작되었다. 동생이 둘이나 있는 민아는 부모를 셋이 공유하던 시절의 불편함을 벗어던지고, 동생들을 낳기 전의 행복한 첫딸이 되어 우리와 같이 즐거운 시간을 보낸 것이다. 눈 때문에 외출도 하기 어려워서 나는 종일 민아와 같이 있을 수 있었다. 나도 그 무렵에는 바쁘지 않았다. 돌볼 어른들도 안 계시고, 업고 다닐 아이도 없었기 때문이다. 우리 부부와 민아는 날마다 새 세월을 맞는 것처럼 행복했다. 그건 우리가 민아와 나눈 마지막 축복받은 시간이다. 그런 축복의 시간을 허락한 것을 나는 지금도 하나님께 감사한다.

눈이 나은 것은 민아에게는 기적이었다. 40년 동안 자신의 얼굴을 제대로 보지 못하던 민아는 눈이 나아지니 자기 피부가 너무 지저분하다면서 주근깨도 빼야겠다고 신이 나 있었다. 이제부터는 책도 마음대로 읽을 수 있고 여행도 마음대로 할 수 있으니, 못하던 것은 뭐든지 다 해 보겠다고 민아는 의욕에 차 있었다. 이미 암세포가 하복부를 모두 점령하고 있는 것을 몰랐던 것이다.

그때 눈 수술 대신 건강검진을 받았더라면 민아는 어쩌면 암을 고칠 수 있었을지도 모른다. 석 달이 더 지난 후에 복수가 차오르고 나서야 병원에 가서 위암말기 판정을 받았기 때문에 손을 쓸 수가 없었던 것이다. 민아는 졸지에 시한부 인생이 되었다. 눈 수술을 하고 우리와 좋은 세월을 보내던 그 기간에도 이미 민아 안에서는 암이 날마다 자라고 있었던 것을 생각하면 인간의 어리석음에 기가 막힌다. 미국으로 떠나기 전주에 건강검진을 하자고 하니까, 아이들 때문에 시급히 해결할 일이 있으니, 여름에 와서 하마고 약속했다. 그런데 죽음은 이미 1년 앞으로 다가와 있었던 것이다. 한치 앞을 모르는 것이 삶의 실상이다.

평생 위병을 달고 사는 나와는 달리 민아는 위가 아주 건강한 편이었다. 그런데 위암에 걸린 것이다. 암이 아래 장기로 방향을 잡고 뻗어갔기 때문에 난소에는 이미 망고씨만 한 암 덩어리가 자리잡고 있었다. 손으로 만져지는 암이었다. 그래서 미국에서는 난소암이라는 판정을 받았다. 한국에 와서 모든 장기를 다 체크해 보

민아이야기

니 뱃속에 암이 온통 퍼져 있었던 것이다.

　이상한 것은 복수가 차서 견딜 수 없을 때까지 위에 자각증상이 별로 없었다는 점이다. 민아는 마지막까지도 소화 능력을 잃지 않은 편이다. 떠나기 두 달 전까지 덕수궁 옆에 있는 콩나물국밥집 국밥을 먹고 싶어 해서 몇차례 같이 간 일도 있다. 고춧가루를 친 콩나물국밥을 먹으며 명랑했으니, 우리도 위에서 암이 자라고 있는 것을 눈치채지 못한 것이다.

　2011년 6월 28일에 민아에게서 전화가 왔다. 복수가 차서 병원에 검사 받으러 간다는 전화였다. 복수가 2리터나 찬 후에야 민아는 병원에 간 것이다. 이미 난소에 13센티미터짜리 돌덩이 같은 암종이 만져져서 난소암으로 진단이 내려졌다. 다음 날로 수술일정까지 잡혀졌다. 그런데 민아는 한국에 오기로 결정했다. 그 엄청난 비용을 마련할 방도가 없기도 했지만, 아프니 부모 곁에 오고 싶었던 것이다. 복수를 빼자마자 비행기를 탔고, 오자마자 입원해서 정밀 검사를 받았다. 진원지가 위인 것을 안 것은 수술 예정을 잡아놓은 후의 일이다. 위에서 시작한 암이 난소, 골수까지 하복부 전체에 퍼졌다는 걸 마지막 날에야 안 것이다. 수술이 불가능하다는 진단이 내려진 것이 사흘 후였다.

　거동이 불편한 상태도 아닌데, 밤에 기도를 하는 데 방해된다고 식구들을 모두 쫓아 보내고 혼자 있던 민아는, 수술이 불가능하다는 선고를 혼자서 직접 들었다. 그런데 당황하지 않고 얼마나 남았느냐고 조용히 물었더니 의사가 놀라더란다. 항암치료를 하면 6개월에서 1년, 안 하면 3개월에서 6개월 정도 살 가능성이 있다는 것이 그날 민아가 받은 선고였다.

젤로다를 먹으면서 항암치료를 받기 시작했다. 세 번 받으니 손톱 발톱이 다 까매지고 구토와 설사 증상이 나타났다. 밤새도록 화장실에 들락거리고 난 다음 날 아침에 민아는 치료를 거부하겠다고 선언했다. 고작 석 달을 더 살려고 그 아까운 세월을 구토와 설사를 하면서 보내기는 싫다는 것이다. 하나님이 고쳐 주시면 다행이지만, 못 고치신다면 그 기간에 선교활동을 하면서 보람 있게 남은 시간을 쓰겠다고 우기면서 민아는 젤로다까지 끊어 버렸다. 아무리 말려도 듣지 않았다. 나중에는 하나님이 어떻게 자기에게만 계속 치유하는 은사를 내리겠느냐면서 민아는 조용히 죽음을 받아들였고, 자기식의 버킷리스트를 만들었다.

남은 9개월 동안 민아는 세 권의 책을 썼고, 선교활동에 정진했다. 의사가 비행기나 가차를 타지 말라고 엄하게 금했는데 11월에는 아이 체재연기를 위해 일본에 다녀왔고, 12월에는 부산까지 선교하러 갔다. 기도해 달라는 요청이 오면 아무데나 서슴지 않고 달려간 것이다. 가서는 성신이 임할 때까지 몇시간씩 예배를 집전했다. 질병에서부터 완전히 해방된 사람 같았다.

민아이야기

하지만 모르는 체한다고 암이 없어지는 것은 아니다. 그 악마 같은 질병은 제 몫을 내 주는 법이 없는 가혹한 채무자다. 민아는 나날이 여위어 갔고, 그래서 나는 민아의 암에서 잠시도 해방될 수 없었다. 빌고 달래고 해서 겨우 한방 치료를 시작했다. 하남에 있는 경희대 병원에 한방 항암제인 넥시아가 있다고 해서 거기까지 다녔다. 민아가 한방 치료는 거부하지 않았기 때문에 자기가 좋아하는 병원에 가서 침도 맞고 뜸도 뜨게 했다 .그리고 아침저녁으로 지압을 받게 했다. 지압을 받으면 고통이 완화된다는 것이다.

암세포는 차가워서 고열로 지지면 열이 암종에만 영향을 주어 종양이 줄어든다는 기사를 민아가 부산에 간 동안에 신문에서 보았다. 수소문해 보니 우리 집에서 가장 가까운 곳에 온열 치료 시설이 있는 곳은 목동 이대병원이었다. 온열 치료는 부위가 적은 때에만 효과가 나타난다고 했다. 민아처럼 여러 장기에 퍼져 있는 암에는 효과가 크지 못하다는 것을 알고 있었지만, 그걸 받고 나면 컨디션이 좀 좋아진다고 해서 치료를 계속했다. 그렇게 민아는 아홉 달을 원하는 대로 살다가 떠났다. 건강한 사람도 하지 못할 엄청난 일을 하고 간 것이다.

항암치료를 받고 8월부터 없어졌던 복수가 다시 차기 시작한 것이 11월이었다. 복수를 빼고 나서 영양 보충을 위해 알부민까지 맞으면 하루가 다 간다. 날씨는 날마다 추워 오는데 민아는 그 추위를 이길 힘이 없었다. 내게 있던 안 전체에 털을 댄 덕석 같은 코트를 입어야 겨우 추위를 견뎌냈다. 그러면서도 치료 받는 시간 외의 시간은 모두 선교활동에 바쳤다. 마지막 날도 누군가에게 기도를 해 주러 갔다 왔을 정도였다.

민아가 나다니기 어려워지자 교인들이 와서 집에서 기도를 해 주셨다. 지압과 기도를 겸해주시는 교우님도 계셨다. 지방에서 매일 오시는 교우님도 계셨다. 그건 사랑이었다. 믿는 자끼리의 사랑, 육친보다도 짙은 믿음의 사랑이었다. 기도하는 시간에는 통증을 못 느낀다니까 기도하는 시간들이 점점 길어졌다. 의사가 예언한 기간보다 석 달이나 더 산 것은 그 믿음 덕분이다. '네 믿음이 너를 구원하리라'는 말이 맞는 것 같았다. 그렇게 열심히 하나님을 부르다가 민아는 심장마비를 일으켜서 삽시간에 숨이 멎었다.

그 긴 투병 기간에 민아는 내게 아프다는 말을 한 일이 거의 없다. 비명 한 번 안 지르며 혼자서 병과 싸운 것이다. 지금 생각하니 자식이라도 놀랍고 존경스럽다. 그리고 고맙다. 자기 소원대로 걸어다니다가 떠난 것도 고마운 일이다. 그때부터는 너무나 악착스러운 통증이 시작될 것을 알고 있었기 때문에, 나는 살아 있는 기분이 아니었다. 통증이 너무 심해서 매닥질을 하게 되면, 혹시 그 애의 신앙이 흔들릴까봐 조바심내면서 지켜보고 있었는데, 갑자기 심장마비가 와서 그런 통증의 절차가 생략된 것이다.

그건 사랑이었다.

믿는 자끼리의 사랑, 육천보다도 짙은 믿음의 사랑이었다.

기도하는 시간에는 통증을 못 느낀다니까 기도하는 시간들이 점점 길어졌다.

마지막 날의 민아

민아 친구 혜성이의 말대로 "하나님이 더 이상 민아의 고통을 보고 있을 수가 없어서 덥싹 안아 하늘나라로 데려가 버린" 건지도 모른다. 나도 민아처럼 죽을 수 있었으면 하는 것이 요즘의 내 마지막 소원이다. 사람다움을 잃지 않은 채…… 걸어다니다…… 기도하다가…… 순식간에 숨이 멎는다는 건 인간이 누릴 마지막 축복일 것 같다.

고마운 일은 그 밖에도 많다. 민아는 집을 떠나 산 지 30년이나 되어 내게는 늘 그리운 딸이었다. 그런데 그해에는 눈 수술하러 와서 우리와 한 달이나 같이 있어 주었다. 삶을 마감하는 9개월이라는 마지막 세월도 우리 옆에서 앓다가 갔다. 너무나 고마운 일이다. 만약 우리가 도울 수도 없는 미국에서 외롭게 앓다가 갔으면 얼마나 얼마나 더 가슴이 아팠겠는가? 이별을 앞둔 2011년에 가장 오래 같이 있어 준 것, 한국 땅에 묻혀 내가 찾아갈 무덤이 가까이에 있는 것도 고맙고, 외할머니 외할아버지와 같은 묘지에 묻힌 것도 고맙고…….

쓰고 싶은 책이 열 권도 넘던 민아, 선교하러 가고 싶은 나라가 열 개도 넘던 민아, 좋은 시어머니와 할머니가 될 수 있었던 민아, 내가 죽으면 머리를 풀고 저승에까지 들릴 애절한 울음을 울어 주어야 할 딸인 우리 민아는, 병들어 떨리는 다리를 신앙으로 버티고 서서 마지막까지 하나님께 영광을 돌리는 일에 몰두하다가 쉰

셋, 그런 나이에 세상을 떠났다. 하얀 한복 수의를 입고 지금 민아
는 우리 어머니가 교회에 기증한 묘지에 묻혀 있다. 햇빛이 잘 드
는 남향받이 평지에 조그만 묘석으로 남아 있는 것이다.

저물녘의 의상衣裳

방학이 되어 외손녀가 왔길래 함께 책상에 있는 민아의 사진을 들여다본다. 민아는 머리를 길게 늘어뜨리고 빨간 여름 쟈켓을 입고 있다. 마지막 여름에 영인문학관 로비에서 인터뷰를 할 때 찍은 것이다.

암으로 세상을 떠났는데, 민아는 고맙게도 머리가 빠지지 않았다. 숱이 많이 줄고, 윤기가 사라져 좀 까실하기는 했지만, 그래도 결이 고운 긴 머리를 끝까지 지닐 수 있었다. 병 때문에 파마를 하지 못해 웨이브가 없어서 오히려 청순해 보이는 생머리였다. 멋쟁

민아이야기

영인문학관 로비에서 인터뷰하는 민아. 2011년 8월

저물녘의 의상衣裳

이인 내 친구가 난소암 선고를 받았을 때, 제일 먼저 의사에게 물은 것이 탈모에 관한 것이었다 한다.

"네에, 난소암은 100퍼센트 머리가 빠집니다."

의사는 아무 일도 아니라는 듯이 사무적으로 대답하더란다. 자기에게는 '암'이라는 말보다 '머리가 빠진다'라는 말이 더 충격적이었기 때문에, 의사의 무신경함에 너무 화가 나더라고 그녀는 내게 털어놓았다. 여자에게 머리는 그런 것이다. 민아의 딸이 한국에 오기 전에 날마다 엄마에게 물은 것도 탈모 여부였다.

"엄마! 머리 빠지지 마!"

아이가 아침마다 전화에 대고 절규했다. 민아도 그 애와 같은 심정이었을 것이다. 교우들도 마찬가지여서 젊은 신도들이 민아 머리 빠지지 않게 해 달라고 기도하는 캠페인을 벌이기도 했다. 민아도 머리칼이 소중해서 염색이 금지됐는데도 아마 나 몰래 염색을 계속한 것 같았다. 마지막 날까지 달래머리같이 동그란 머리통을 검은 머리가 장식해 주고 있었기 때문이다. 나는 그 검은 머리가 너무나 고마웠다.

이 사진을 찍은 시기는 복수가 잠정적으로 멎었던 무렵이어서, 얼굴도 아직 예뻤다. 여위기는 했지만 수척하지는 않았기 때문이다. 얼굴에서 살이 좀 빠진 데다가, 종교에 완전히 몰입해 살던 무렵이어서, 눈이 점점 더 영롱해져 갔다. 민아는 본래 눈이 큰 아이다. 갓난아기 때도 눈이 똘망똘망하고 컸다. 그 큰 눈에 피로가 쌓이면 눈꺼풀이 세 겹이 된다. 그래서 고3 때 담임선생님이 이따금 놀렸다. "민아 눈이 또 삼겹살이 되었구나."

코는 친할머니를 닮아 작았다. 어렸을 때는 그게 불만이어서 "민아는 왜 코가 얍작하지?" 하면서 거울 앞에서 울상이 되곤 했다. 숨을 거두니 그 큰 눈이 완전히 감겨 버렸다. 그래서 작은 코만 눈에 띄었다. 겸손하게 도드라져 있는 그 아담한 코에 나는 오래오래 이마를 대고 있었다. 찬 기운이 뼛속까지 스며들었다.

민아는 입도 작다. 정말로 앵두 같은 입술이다. 그러니 복스러운 둥근 얼굴에서 눈에 걸맞게 풍성한 건 뺨뿐이다. 그 풍요롭던 뺨이 살이 빠져 할랑해지니, 눈이 더 커 보였다. 많이 쉬어서 흰자위가 말갛게 가라앉아 정갈해 보이는 눈에서, 검은 눈동자만 점점 더 형형하게 빛을 뿜었다. 영성만 남은 하늘의 신부 같아 신비한 분위기까지 감돌았다.

그런 형상을 아름답게 윤색해 준 것이 그 애가 입고 있는 빨간 옷이었다. 옷의 붉은색이 핏기 없는 얼굴에 살짝 생기를 부여해서,

영인문학관 뒷길에서. 2011년 8월

사진 속의 민아는 아름다웠다.

　사람이 오래 아프면 나중에는 사랑하는 사람들이 점점 멀어져 가기 마련이다. 민아는 아들을 잃은 후 갑자기 당뇨병이 생겨서 가뜩이나 시원치 않은 시력이 더 망가졌다. 도로표지판과 중앙분리대를 볼 수 없어서 운전을 못하는 상태가 계속되었다. 처음에는 먹지 못해서 제대로 걷지도 못하고……. 사람 만나는 것도 싫어해서, 폐인과 같이 되어 버렸다. 그런 상태가 두 달이 넘으니까, 파장된 장터에서 손님이 빠져나가듯 사람들이 곁에서 사라지기 시작했다.

　제일 먼저 손을 흔든 것이 민아의 남편이다. 17년간 남다른 깊은 애정으로 아내를 감싸고 보호하던 남자가, 자기는 재기발랄한 예쁜 여자와 결혼했는데, 이 유령 같은 여자는 내 아내가 아니니 같이 살 수 없다면서, 별거를 요구하기 시작한 것이다. 석 달만 기다려 주면 추스르고 일어날 것 같다고 부탁을 해도 듣지 않았다. 아이 셋이 사춘기를 앞두고 있을 때였다. 지금 이혼하면 그들이 다친다. 그러니 한집에서 남처럼 살다가 아이들이 고비를 넘기면 헤어지자고 민아가 제안했지만 역시 듣지 않았다. 죽은 정이 하루에 천 리씩 멀어진다는데, 16세에 집을 나와 그런저런 사정을 터득할 겨를이 없었던 남자는, 민아가 영원히 울고 앉았을 것 같아 겁을 먹었던 모양이다.

그때 캘리포니아에는 불황이 닥쳐 왔었다. 둘이 뛰어도 모자랄 판인데, 두 달이 지나도 민아의 상태가 호전되지 않으니, 그런 상태가 영원히 계속될까봐 성급한 남자가 손을 든 것인지도 모른다. "완전히 폐품 처리된 것 같다"면서 민아가 허탈하게 웃었다. 이혼하고 2년이 지나니 같이 살면서 구메구메 돌보아 주던 언니 같던 친구마서 재혼을 해서 떠나가 버렸다.

그 다음은 친구들이다. 얼이 빠져 있어 만나도 재미가 없는 데다가, 눈까지 어두워지니 친구들이 하나둘씩 발을 끊기 시작했다. 여자 형제가 없는 민아는 좋은 친구들이 많아서 언제나 외롭지 않았는데, 자식을 잃은 슬픔은 남과 나눌 수 없는 것이어서, 공감대가 없어진 것도 이유 중의 하나였을 것이다.

하지만 그뿐이 아니었을 것이다. 그때 민아의 형편은 섣불리 우정으로 돕기에는 너무나 엄청난 상태여서 친구들도 입장이 난처했을 것이다. 일주일에 한두 번 돕는 거라면 누구나 할 수 있는 일이지만, 가장인 민아가 중환자 같은 상태인 데다가 아직 운전을 못하는 아이가 셋이나 달려 있다. 누군가가 전적으로 도와도 모자랄 상황이었다. 섣불리 발을 들여놓았다가 덜미가 잡히게 될까봐 겁이 나기도 했을 것이다. 40~50대는 누구나 정신없이 바쁠 시기다. 누구에겐들 자기 몫의 십자가가 없겠는가? 대체 무슨 기운으로 남의 몫의 십자가를 대신 져 줄 수 있겠는가?

하지만 그 절망적인 상황에서도 끝까지 떠나지 않은 친구들도 있었다. 그중 하나가 대학 동창인 방혜성이다. 한국에 있는 때가 많으니까 일상적인 것은 돕지 못했지만, 그 애는 심금을 열어 놓고 우정을 계속 주고받아 민아의 외로움을 위무해 주었다. 이 빨간 옷은 그 애가 민아에게 사다 입힌 것이다. 민아가 병으로 귀국하자 그 친구는 민아를 위해 팔을 걷고 나섰다.

민아는 암 말기 선언을 받고 황황히(아름답고 성하게) 귀국했는데, 오자마자 기독교계에서 각광을 받기 시작했다. 연이은 고난 속에서도 믿음이 나날이 굳건해지는 민아의 간증이 신도들을 사로잡았고, 간증집이 연거푸 베스트셀러가 되어서 매스컴의 주목 대상이 된 것이다. 그래서 날마다 인터뷰를 해야 하고, 설교도 해야 하는데, 입을 옷이 없었다, 병이 위중하니까 옷을 챙길 여유가 없어서 빈손으로 돌아왔기 때문이다.

새벽에 도착해서 바로 입원하고, 여러 가지 검사를 하고, 시한부 선언을 받고, 항암치료를 받고 하느라고 우리 가족은 모두 얼이 빠져 있었다. 그렇게 경황이 없는데 민아의 딸아이까지 엄마 옆으로 오겠다고 하니 나도 정신이 없었다. 당장 있을 곳을 마련해야 했다. 가구도 사고 세간도 준비해야 할 형편이었다. 그 판에 나는 디스크가 도져서 거동까지 불편했다. 옷을 생각을 할 경황이 없었던 것이다.

그런데 인터뷰와 설교 요청은 계속해서 들어온다. 다급하니까 민아는 동생댁의 옷을 빌려 입었다. 어진 올케가 빌려 준 옷은 지난 생일에 선물로 받은, 한 번도 입어 보지 않은 새 옷이었다. 그걸 알고 민아도 나도 너무 당황했다. 손위 시누이가 횡포를 부린 것 같아질까봐 질겁을 하고 세탁소로 달려 갔다. 옷을 돌려보내기 위해서였다. 지금 생각하면 이왕 몸에 대서 돌려 줘도 새 옷은 아닌데, 그냥 입게 하고 며느리에게는 나중에 새 옷을 사 주어도 되는 거였는데……. 결벽증이 심한 우리 모녀에게는 그런 융통성이 없었다. 옷을 돌려보내고 나서 민아는 내 옷장을 열었다. 하지만 맞는 옷이 없었다. 원래 나보다 날씬한데 마르기까지 해서 모든 옷이 품과 허리가 너무 커서 입을 수가 없었다.

우리 모녀가 장롱 앞에서 우두망찰하고 있는데. 구세주처럼 혜성이가 나타났다. 손에는 두 벌의 새 옷이 들려 있었다. 마치 엄마처럼 그녀는 민아를 위해 빨간 옷과 검은 옷을 두 벌이나 사 가지고 온 것이다. 나는 어디서 파는지도 모를 세련된 옷들이었다. 검은 바탕의 자켓에는 과감한 붉은 장미가 세 송이나 달려 있어서 민아의 파리한 얼굴을 살려 주고 있었다.

저 옷들이 없었으면 그때 민아는 어쩔 뻔했을까? 빨간 옷을 입어 밝아 보이는 민아 사진을 볼 때마다 나는 혜성이에게 절이라도 하고 싶어진다. 옷뿐이 아니다. 혜성이는 인터뷰를 신청한 사람들

　　　　　　　　　　　　　민아이야기

검은 옷을 입은 민아

영인문학관 전시장에서 혜성이와 함께. 2011년 8월

저물녘의 의상衣裳

과의 시간 조정 같은 것도 맡아 주고, 화장도 고쳐 주면서, 민아의 마지막 날들을 헌신적으로 보살폈다.

사람은 살면서 이따금 이렇게 요긴한 도움을 주는 은인들을 만난다. 화투로 운수를 점칠 때는 그런 사람을 의인이라 부른다. 혜성이는 민아에게 의인이었다. 그리고 언니였고, 친구였으며, 코디네이터였고, 매니저이기도 했다. 그런 친구를 가진 것은 민아가 받은 마지막 축복이다. 심금을 터놓을 친구를 가지는 것만 해도 너무 큰 복인데, 그 친구가 엄마가 할 일까지 해 주었으니 민아는 참 인복이 많은 사람이라는 생각이 든다.

저 빨간 옷은 내가 세상에서 받은 가장 고마운 선물이다. 그 옷 덕분에 나는 지금 병색이 드러나지 않는 민아를, 아직은 아름다운 민아를, 두고두고 마주 보고 있을 수 있게 되었다. 그래서 혜성이는 내게도 의인으로 여겨진다.

민아이야기

코는 친할머니를 닮아 작았다.

어렸을 때는 그게 불만이어서 "민아는 왜 코가 얍작하지?" 하면서

거울 앞에서 울상이 되곤 했다. 숨을 거두니 그 큰 눈이 완전히 감겨 버렸다.

······ 겸손하게 도드라져 있는 그 아담한 코에 나는 오래오래 이마를 대고 있었다.

저물녘의 의상衣裳

나의 쁘띳 빠뜨petite patte 아가씨

민아는 발이 아주 작다. 나도 발이 작은 편인데 민아는 더 작다. 몸은 나보다 풍만한데 발은 21.5센티 정도다. 그래서 민아의 발은 아주 예쁘다. 아빠를 닮아 엄지발가락이 커서 균형은 약간 흔들리고 있지만, 밀랍 같은 피부에 담긴, 휴대용 구두주걱만 한 그 발은, 사람의 발이라고 할 수 없을 정도로 부드럽고 아름다웠다. 그래서 나는 그 애를 '나의 쁘띳 빠뜨petite patte* 아가씨'라고 불렀다. 마가렛

---

* petite patte : '작은 발'이라는 뜻의 불어.

미첼Margaret Mitchell의 "바람과 함께 사라지다"를 보면 애틀랜타에 사는 멜라니의 고모 별명이 쁘띳 빠뜨다. 발이 작은 딸이 뒤뚱거리며 저택 안을 돌아다니는 모양이 너무나 사랑스러워서 그녀의 아버지가 지어준 별명이다.

그 작은 민아의 발에 맞는 하이힐이 미국에는 없다. 오죽 찾기 어려웠으면 민아 친구가 백화점에 갔다가 모처럼 작은 신발을 세일하는 것을 보자, 반가워서 두 켤레나 사다 주더란다. 그런데 그것은 아동용이어서 너무 작았고, 평화여서 출근할 때는 신지 못했다면서 민아가 웃던 생각이 난다. 검사는 치마를 입는 게 관례여서 민아에게는 하이힐이 필요했던 것이다.

그런 치수의 하이힐은 한국에도 없다. 일부러 구둣방에 가서 맞춰야 한다. 그래서 나는 우리가 떨어져 살던 30년 동안 늘 방학이 되면 백화점에 가서 그 애를 위해 하이힐을 맞추어 보냈다. 요즘은 택배가 발달해서 어지간한 백화점들은 맞추면 배달해 주는데, 그때에는 찾으러 가야 해서 꼭 두 번씩 시내 나들이를 해야 했다. 좀 성가신 업무이기는 했지만, 신발이 너무 예뻐서 살 때마다 늘 즐거웠다.

누가 창안했는지 몰라도 하이힐은 참 예쁜 신발이다. 오죽하면 '페라가모'에서 핸드백의 바클을 하이힐 두 개를 맞물려서 만들었을까? 모든 신발이 다 그렇지만 하이힐은 특히 작을수록 이쁘다.

민아의 하이힐은 진열장에 올려놓고 감상하고 싶을 정도로 너무 예뻤다. 신데렐라의 유리구두도 아마 저런 사이즈의 하이힐이 아니었을까? 민아는 한 번도 신델렐라가 되고 싶어 한 적이 없지만, 그 애의 신데렐라 구두는 늘 나를 기쁘게 했다.

발이 작아서 그런지 민아는 달리기를 잘 못했다. 지는 것을 싫어하는 성미인데 아무리 노력을 해도 달리기 실력이 늘지 않았다. 나를 닮았기 때문이다. 일제시대에 학교에서 아이들에게 '인고단련忍苦鍛鍊'* 훈련을 시킨다고 10리 밖에 있는 동대천까지 맨발로 뛰어가서 발을 적셔 오라고 한 일이 있다. 전교생이 동원됐는데, 이상李箱식으로 말하자면** 내가 꼴찌에서 둘째이고 동생이 꼴찌에서 첫째였다.

앞의 아이들과의 거리가 한참 떨어져 있는, 실력 있는 꼴찌였으니, 중간에서 그냥 되돌아와도 아무도 모를 상황이었다. 그런데 우리 자매는 울면서 기어이 강까지 가서 발을 적시고 돌아왔다. 10리를 달리면 발의 물은 증발되어 흔적도 안 남는데, 우리는 규칙을 어겨도 된다는 생각을 꿈에도 할 줄 모르는 아이들이었다. 고지식하

---

* '닝쿠단렌忍苦鍛鍊'은 일제시대 말엽에 일본 정부가 우리에게 요구한 구호였다. '닝쿠단렌'을 시킨다면서 그들은 우리를 맨발로 뛰게 했고, 하루 사이에 80리 길을 걷게 했다. 체력은 국력이라고 생각했던 모양이다.

** 김문집金文輯이라는 평론가가 이상의 문학을 폄하하여 59점이라는 평점을 매겼다. 그때 이상이 낙제 점수보다 1점만 모자라니 자기는 '꼴찌 첫째'라는 말을 했다.

민아이야기

고 융통성이 없는 숙맥들이었던 것이다.

　달리기를 못하는 것을 나는 슬퍼한 일이 없는데, 승벽勝癖이 강한 민아는 그것을 많이 슬퍼했다. 초등학생 때 같은 학부형이었던 후배가 어느 날 학교에 가 보니 민아가 꼴찌 자리에서 너무나 열심히 뛰고 있더란다. 하도 딱해서 위로의 말을 했더니 "익재 엄마! 이건 운명이에요. 아무리 애써도 안 되네요"라며 어른처럼 탄식을 하더란다. 아무리 애를 써도 이루어지지 않는 일이 세상에 많다는 것을, 울어도 안 되고, 애통해해도 안 되는 불가항력적인 일이 세상에 아주 많다는 것을, 그 애는 달리기를 통해 배운 셈이다.

　민아는 나에게서 달리기 꼴찌의 실력과, 작은 발과, 융통성 없는 성격을 물려받았다. 신당동에 살 때, 걸어갈 수 있는 거리에 있는 서울 사대 부속 국민학교에 들어갔는데, 2학년 때 성북동으로 이사를 하니 민아가 학교 다니기가 불편해졌다. 어려서 혼자 다니게 하는 훈련이 필요해서, 한동안 아빠 차를 보낸 일이 있다. 그런데 민아는 학교에서 지정해 준 지점이 아닌 곳에서는 절대로 차에 타지 않았다. 정문에서부터 승차 허용 지점까지는 꽤 거리가 있었는데, 교문에서부터 차와 나란히 뛰어가면서 절대로 미리 타는 일을 하지 않았다. 아빠에게 차를 돌려보내야 해서 차 사정이 급한데 아무리 독촉해도 한 번도 편법을 쓰지 않은 것이다.

그런 융통성 없는 일이 평생 계속되었다. 학교에서는 물론이지만 사회에서도 그 애는 편법을 쓸 줄을 몰랐다. 하지 말라는 결혼을 우기고 해 놓고는 면목이 없으니까, 5년 동안 한 번도 내게 힘들다는 말을 하지 않은 것도 그런 증상 중의 하나다. 그래서 그 애가 별거하고 있다는 말을 언니에게서 처음 들었을 때 우리 부부는 하늘이 무너지는 것 같은 충격을 받았다.

그 다음은 돈 문제다. 부부는 딴 주머니를 차면 안 된다는 것이 그녀의 원칙이어서. 우리가 주는 용돈도 남편에게 갖다 바치고, 5년 동안 화장품 하나 제대로 사지 못하면서 초등학생처럼 점심값을 받아 쓰는 식의 생활을 하다가 별거로 들어간 것이다. 모든 것을 알아서 해 주던 집에서 자란 민아는 남편에게 돈 달라는 말을 하지 못했다. 그러면서 결혼할 때 자기가 책임지겠다고 한 말을 지키려고, 별거하는 걸 석 달이나 우리에게 숨겼다. 아이와 함께 스튜던트 론을 얻어서 연명하면서, 그 가난을 혼자 견딘 것이다.

그 애는 기독교도 그렇게 융통성이 없게 믿었다. 믿는다면 정말로 다 믿는 것이 민아의 스타일이다. 그 몇해 전에 강원용 목사님이 "민아 교회에 다니니?" 하고 물으신 적이 있다. "아직 안 다니는데요, 시작을 하면 목사가 되겠다고 할까봐 겁이 나요."라고 대답했다. 민아는 뭔가를 적당히 할 줄을 모르기 때문이다. 내 말대로 민아는 믿기 시작하더니 정말로 목사가 될 때까지 믿었다. 이미 눈

민아이야기

이 너무 나빠져서 신학교에 가지는 못했지만, 민아는 너무 열심히 하나님을 믿었다.

그 애는 우선 성경을 읽는 데서 신앙생활을 시작했다. 성경을 되풀이하여 여섯 번이나 혼자서 통독하면서 거기에서 기독교를 배우고 믿음을 길렀던 것이다. 그리고는 제자 모임이나 사경회 등도 계속했고, 교회에 가서 목사님의 설교를 흠빡 받아들이며 신앙을 키우는 모범 신도 노릇을 계속했다. 변호사를 하면서 네 아이를 기르는 정신없는 생활 속에서도 장애인 식사 서비스를 시작했다. 변호사를 하면서 네 아이를 기를 때부터 목요일에는 장애인 식사 돕기 봉사를 거르지 않았다.

민아는 초대교회의 어부 출신 사도들처럼 그렇게 순직順直하게 예수를 믿었다.

그리고 그 신앙을 실천에 옮겼다. 검사에서 변호사가 된 것도 나눔선교회 목사님이 맡긴 비행청소년 하나를 구하기 위해서였다. 변호사가 된 후에도 그 애는 변호사기보다는 전도사였다. 구렁텅이에 빠진 어린 양 한 마리를 구하기 위해 그 애는 자기의 모든 것을 바쳤다.

무기를 들고 배신한 애인을 납치한 청소년의 변호를 맡았을 때의 일이다. 검사가 혹독하게 사사건건 걸고 나서서 승산이 거의 없는 재판이었는데, 뜻밖으로 너무 관대한 판결이 내려졌다. 민아의 주장대로 그 아이를 나눔선교회에 맡겨서 보호감찰을 하라는 판결이었다. 제일 놀란 것은 민아였다. 그건 법적으로 내려질 수 없는 판결이어서 민아가 경악한 것이다. 너무 놀라서 그 검사를 찾아가서 어떻게 된 거냐고 물었더니 그가 다음과 같이 대답하더란다.

"나는 평생 비행청소년들에게 벌을 주는 일에만 열중했는데, 널 보니 내 방법에 회의가 생기더라구. 니가 알지도 못하는 애를 구하기 위해 죽도록 헌신하는 건 감동적이었거든. 그래서 '쟤 방법에 한번 걸어 볼까?' 그런 생각을 한 것뿐이야. 이건 실험에 불과해. 그러니 어떻게 되나 같이 한번 지켜보자구."

다행히도 그 아이는 민아의 손을 들어주었다. 사춘기의 위기를 그렇게 험하게 넘기고 대학을 나와 정상적인 사회에 편입된 것이다.

그런 민아에게 하와이의 한 교회에서 목사 안수를 해 주었다. 신학교 출신이 아니라도 목회자가 될 자격을 인정해 주는 교파였다. 그렇게 해서 민아는 드디어 목사가 되었다. 아이들이 다 크면 노년에는 아프리카에 가서 선교 여행을 하면서 사는 것이 민아의 꿈이었는데 그 일이 가능해진 것이다. 민아에게는 교회를 잘 운영해 나가거나 교회의 부피를 키울 목자가 될 소질은 전혀 없었지만, 진짜로 예수님을 믿고 이웃을 내 몸과 같이 사랑하는 보기 드문 기독교인이었던 것만은 비신도인 내 눈에도 확연히 보였다.

민아이야기

훈우를 졸지에 잃고 눈이 확 나빠져서 글을 못 읽고 있는데, 누가 민아에게 스마트폰을 사다 주었다. 스마트폰은 그 애가 선교 활동을 하는데 없어서는 안될 기적의 기기器機였다. 민아는 거기에 그날 설교할 자료들을 모두 담아 가지고 가서 강단에서 그걸 눈앞에 바짝 대고 읽으면서 설교도 하고 간증도 했다. 훈우를 잃은 후 그 애에게 종교는 생활의 전부가 되었다. 그 안에 아이도 남편도 다 들어 있었던 것이다. 하지만 그건 그 애의 희망사항이었을 뿐이다. 남편은 그 애와 함께 하나님의 품으로 들어가는 것을 거부했기 때문이다. 유별나게 짙은 사랑을 보여 주던 남편이었는데, 그 애가 믿음이 깊어 갈수록 남편은 그 애에게서 멀어져 갔다.

그들이 이혼한 데에는 아들인 훈우를 잃은 것이 결정적인 역할을 했다. 민아가 비탄에 빠져 눈이 거의 실명단계에 이르렀을 때 미국에는 불황까지 닥쳐와 있었다. 둘이 일해도 감당하기 어려운 상황인데 민아가 주저앉아 일어서지 못하니 남편은 화가 나서 잡았던 손을 놓아버린 것이다. 그렇게 해서 보기 드물게 화목하던 그 애의 아름답던 가정에 파탄이 왔다.

2009년에 남편이 별거를 하자고 해서 나올 때, 민아는 교회 친구와 공동으로 큰 집을 빌렸다. 침실이 일곱 개나 되는 집이었다. 형제들이 한데 모여 살고 싶어서 늙은 아르메니아인이 마지막 힘을 다해 지은 집이어서 아래층은 공동 공간처럼 되어 있었다. 그런데 형제들이 사정이 생겨 모이지 못하게 되자, 주택가 한복판에 있는 그 큰 집은 빌리는 사람이 없어서 비어 있었다. 할 수 없이 그는 집을 아주 헐값에 내놓았다. 그 집은 미운 노파라는 이름의 크론가Crone Avenue에 있었다. 큰길에서 좀 들어간 곳에 있었는데, 작음작음한 평균치의 단층집들만 아박아박 모여 있는 어바인의 변두리 주거지에서 그 집은 남의 이목을 끌 만한 파격적인 부피를 지니고 있었다. 이질적이고 뿐새 없는 크기였다. 민아는 거기에 하우스 처치House Church(집에서 하는 신앙 집회)를 만들었다. 그 건물은 하우스 처치에 안성맞춤이었던 것이다.

부부가 변호사인 민아네는 언제나 비교적 큰 집에서 살고 있었다. 프라이빗 비치까지 있던 헌팅턴 비치의 집은 우리 집보다 더 컸고, 아래층에는 민아가 개업할 만한 공간도 있었지만, 침실은 네 개밖에 없었다. 대가족이 모여 살지 않는 나라였기 때문일 것이다. 그런데 민아에게는 아이가 넷이나 있었다. 그래서 훈우가 방학에 기숙사에서 돌아오면, 그 애에게 줄 방이 없었다. 천생 동생들을 한데 몰고 아우의 방을 쓰는 수밖에 없어서 훈우는 안정이 되지 않았다. 그게 늘 가슴이 아팠던 민아는 내가 어바인 집에 도착하던 날밤 울면서 말했다. "엄마, 처음으로 훈우에게 줄 방이 생겼는데 아이가 없네요."

밤이면 디즈니랜드의 꽃불놀이가 지척에서 보이는 그 큰 집에서, 민아의 하우스 처치는 잘 되어갔다. 작은 마을에 있는 시골 교회같이 지어진 그 집은 하나님이 일부러 장만해준 민아를 위한 첫 교회였다. 스무 명 정도의 신도가 목요일 저녁마다 모여 예배를 보았다.

그들의 예배는 정말로 경건하고 아름다웠다. 음악과 무용이 어우러지고 모두가 평신도인 특이한 교회였다. 자원봉사로 오신 전도사님의 설교는 맑고 순수했고, 예배 시간 내내 '미도리'라는 키 큰 일본 여인이 시폰 헝겊을 들고 조용조용 춤을 추었다. 은총을 받은 기쁨을 몸으로 표현하는 그녀의 춤은 영성스럽고 아름다웠다. 교인들은 목청을 높여 오래오래 하나님께 찬송을 바쳤고, 그들의 어린 자녀들은 마당에서 텀블링을 하면서 천성天城의 아이들처럼 사이 좋게 놀았다. 사람들은 예배 후에 제가끔 집에서 장만해온 음식을 같이 먹으며 담소하다가 기쁨을 안고 돌아갔다. 나는 그 예배가 마음에 들었다. 민아는 가난 속에서도 흔들리지 않았고, 눈이 보이지 않을 때도 늘 감사하면서 살았다. 어떤 인터뷰어가 나와의 인터뷰 기사를 쓰면서, 내가 민아를 보고 "어찌 이리 박복하누" 하고 불쌍하게 생각한다는 말을 쓴 일이 있다.

그건 오해다. 민아는 작은 발을 가지고도 열심히 뛰며 살았고, 같이 사는 남자에게 관대해서 그의 가정은 늘 평화로웠다. 이혼한 후에도 민아는 하우스 처치를 하면서 늘 은총 속에서 감사하며 살았다. 아빠의 도움을 받아 기본 생활을 겨우 유지하는 상태에서도, 민아는 늘 감사와 은총 속에서 마음의 평화를 누렸다. 아이를 잃고 이혼을 했지만 그 애는 날마다 하나님에게서 위로를 받았고, 재앙 때문에 신을 원망하는 일이 없었기 때문에 마음의 평화를 유지했다. 나는 그 상태를 '박복薄福'하다고는 생각하지 않았다. 그 '복'이라는 말은 다분히 세속적 가치를 함유하는 것이기 때문이다.

어느 원로 목사님이 민아를 보고 "자네는 꼭 내가 처음 목회를 시작할 때처럼 순수하구나" 하고 감탄하더라는 말을 들은 일이 있다. 어느 교회에서는 아픈 몸으로 열성적으로 집회를 인도하는 민아를 위해 '메시아 합창곡'을 불러 주었다는 말도 들었다. 민아 하나에게만 바치는 음악의 향연이었다. 민아의 간증집은 베스트셀러가 되었다. 민아의 설교나 글이 사람들을 그렇게 감동시킨 이유는 그 믿음의 진정성과, 음악을 곁들인 예배 양식의 새로움 때문이었을 것이다.

민아는 하나님이 고쳐 주실 것을 믿어 의심치 않아서 과감하게 병원의 치료를 거부했다. 그런데도 병원이 정한 시한보다 여섯 달을 더 살았다. 그 세월은 하나님이 주신 보너스였다고 생각한다. 민아는 찬송과 기쁨 속에서 그 투병 기간을 보냈다. 마지막에 민아는 자기가 낫지 못할 것을 알았다. 갈등이 있었을 것이다. 외로웠

민아이야기

마지막에 민아는 자기가 낫지 못할 것을 알았다.

…… 아직 미성년인 아이가 셋이나 있었으니 걱정은 또 얼마나 많았겠는가?

그런데도 그 애의 찬송은 끊어지지 않았다.

"나만 치유받는 기적을 독점하면 안 되죠, 엄마. 한 번 고쳐 주신 것으로 감사해요."

라고 담담하게 말하는 그 애를 보면서 나는

재난 속에서도 신을 버리지 않은 '욥'을 생각했다.

나의 쁘띳 빠뜨petite patte 아가씨

을 것이다. 아직 미성년인 아이가 셋이나 있었으니 걱정은 또 얼마나 많았겠는가? 그런데도 그 애의 찬송은 끊어지지 않았다. "나만 치유받는 기적을 독점하면 안 되죠, 엄마. 한 번 고쳐 주신 것으로 감사해요."라고 담담하게 말하는 그 애를 보면서 나는 재난 속에서도 신을 버리지 않은 '욥'을 생각했다. '네 믿음이 너를 구원하리라'라는 성경 말씀은 맞다. 그 믿음이 그 애의 마지막 시간들을 기쁨으로 윤색해 주었고, 죽음의 시한을 늘려 주어서 그 애는 남은 9개월 동안에 세 번째 책까지 교정을 볼 수 있었다.

하지만 신을 믿지 못하는 나는 하루하루 생명이 졸아 붙는 그 애의 마지막 날들을 지켜보는 일이, 그 애가 떠난 후의 시간들보다 훨씬 더 견디기 어려웠다. 그 애의 풍만하던 뺨에서 지방이 다 빠져나가서 웃으면 얼굴이 휴지처럼 구겨진다. 그걸 보면 나는 번번히 기함을 했다. 두 손으로 뺨을 잡고 구겨지지 못하게 막고 싶었다. 그러면 민아가 오히려 나를 위로했다.

"아이구 우리 엄마를 어쩌나? 나는 죽음 너머에 천당이 있는 것을 믿어 슬프지 않은데, 우리 믿지 않는 엄마는 어떻게 견디나!"

나는 그 애가 죽음 앞에서 믿음이 흔들리지 않은 것이 너무 너무 감사했다. 모진 고통이 엄습해서 모르핀으로 연명해야 하는 마지막 과정을 바로 앞에 놓아두고, 그 애는 갑자기 심장마비로 세상을 떠났다. 그래서 호모 에렉투스Homo Erectus(직립인간)의 명예를 끝까지 지켰다. 걸어다니다가 삶을 마쳤기 때문이다. 그래서 욥처럼 고통에 못 이겨 자신이 잉태된 날을 저주하지 않고 삶을 마감할 수 있었음을 하나님께 감사드린다. 고통스러운 암 환자의 마지막 시기에 그 애가 아픔 때문에 신앙이 흔들릴 것을 걱정한 나의 염려는 기우로 끝이 났다. 민아 친구 혜성이 말대로 "더 큰 고통이 올 것 같으니까 하나님이 걱정이 되셔서 민아를 얼른 안고 천국에 데려가신" 모양이다. 혼신의 힘을 다해 재난을 받아들이는 그 융통성 없음이 그런 평화로운 임종을 불러온 것이 아니었을까? '나도 그렇게 갈 수 있었으면' 하고 날마다 기구한다.

밤중에 걸려오는 전화는 무섭다. 언제나 나쁜 소식이기 때문이다. 2012년 3월 14일에도 그랬다. 저녁 때 남편과 같이 민아네 집에 갔더니 밖에서 막 돌아온 민아는 몸이 불편해서 자야겠다고 힘없이 말했다. 만져 보니 손이 따끈따끈했다. '왜 열이 날까? 안 되는데……' 나는 가슴이 철렁 내려앉았다.

쉬어야 한다니까 할 수 없이 그 애와 작별인사를 했다. 아이가 우리 부부를 하나하나 따로 안아 주면서 "사랑해요 엄마!", "사랑해요 아빠!" 그랬다. 검불처럼 여윈 몸을 안고 한참을 가만히 서 있었다. 그게 그 애의 작별 인사였다. 나오면서 손녀 방에 들러 엄마가 열이 있다고 잘 지켜보라니까 고등학교에 다니는 아이의 미간이 확 어두워졌다.

그날 밤 두 시에 다급한 전화가 걸려 왔다. 민아가 까무라쳐서 병원에 실려가고 있다는 것이다. 가장 가까운 곳에 있다고 내려 놓은 곳이 강북삼성병원이었다. 가 보니 이미 아이는 뇌사상태에 빠져 있었다. 다행히도 응급실이 한산해서 의사들 여럿이 민아만을 돌보았다. 인공호흡이 시작되었다. 가슴뼈가 무너져 부서질 것 같은 인공호흡이 오후 세 시까지 계속되었는데 민아는 끝내 돌아오지 않았다.

의료진 때문에 민아 발치로 밀려난 나는 두 손으로 아이의 작은 발을 감싸 쥐고 떨고 있었다. 작은 구두주걱만 한 그 예쁜 발에는 아직도 그 애의 생명이 남아 있어 따뜻했다. 내가 할 수 있는 일은 그 발을 쥐고 있는 일밖에 없었다. 훈우가 갑자기 뇌수막염으로 혼수상태에 빠져 버렸을 때, 민아도 나와 같았다. 열의 원인을 찾지 못해 사이더스 사이나이 병원의 의사 열세 명이 아이에게 몽땅 매달려 있을 때였는데, 내가 전화를 걸어 무얼하고 있느냐고 물으면, 민아가 슬픈 목소리로 대답했다. "으응……. 훈우 발 만지고 있어, 열이 있어서 따끈따끈하네, 아이가 살고 싶어서 많이 애쓰나 봐."

나의 하나뿐인 딸, 나의 친구, 나의 고해 신부, 나의 멘토였던 민

　　　　　　　　　　　　　　민아이야기

아―나의 쁘띳 빠뜨 아가씨는 발의 온기가 사라지자 없어졌다. 아
주 가 버린 것이다.

나의 쁘띳 빠뜨petite patte 아가씨

의료진 때문에 민아 발치로 밀려난 나는

두 손으로 아이의 작은 발을 감싸 쥐고 떨고 있었다.

작은 구두주걱만 한 그 예쁜 발에는 아직도 그 애의 생명이 남아 있어 따뜻했다.

내가 할 수 있는 일은 그 발을 쥐고 있는 일밖에 없었다.

　　　　　　　　　　　　　　　　　　민아이야기

거기 그냥 있어 줘

우리 시골에서는 딸을 '집난 이'라고 한다. 집을 나간 사람이라는 뜻이다. 그 뜻을 충분히 음미할 만큼 민아는 늘 멀리 있어서 만나기가 어려웠다. 1981년에 미국으로 가서 2011년까지 30년 동안그 애는 미국에서 살았다. 그래서 함께 보낸 시간들이 남의 나라 전설처럼 아득하다. 그러니 민아는 살았을 때도 내게는 노상 그리운 존재였다. 1년에 한 번이나 두 번밖에 만나지 못하기 때문이다. 그나마도 올 때마다 아이들에 둘러싸여 있다. 낯선 곳에 온 말도 통하지 않는 아이들을 돌보아야 하니까 한국에서는 차분히 앉아 정담을 나눌 시간도 없었다.

우리가 오붓하게 같이 있을 수 있는 곳은 미국이다. 민아가 일하지 않고 내가 미국에 가는 기간이 최고의 기회다. 나는 대체로 그애가 아플 때 가니까, 아침에 아이들을 데려다 주고 나면, 종일 같은 침대에 누워서 수다를 떨며 시간을 보낼 수 있다. 1년이나 밀린 이야기를 다 해야 하니까 화제는 끝이 없다. 민아가 건강할 때는 아이들을 기다리는 시간에 느긋하게 까페에 앉아 있기도 하고, 사우나에 드러누워 이야기를 나누기도 한다.

그때가 내게는 세상에서 가장 한가하고 행복한 시간이다. 식구들 치다꺼리도 없고, 직장 일도 없으며, 논문 숙제도 할 수 없는 시간이기 때문이다. 그런 한가한 시간에 민아와 있는 것이 내게는 최상의 축복이었다. 그래서 강아지처럼 민아가 가는 곳을 종일 따라다닌다. 양노원에 자원봉사를 갈 때에도, 재판정에 갈 때에도, 시장이나 주유소에 갈 때에도 어디든 따라다니면서 틈만 나면 이야기 꽃을 피운다.

어떤 때는 아슬아슬한 화제도 나온다. 옛날 어른들이 왜 딸에게 재산을 주지 않았느냐 문제가 나오기도 하고, 왜 아들이 딸보다 더 예쁜가 하는 문제 같은 것도 나온다. 민아는 다섯 살 때까지 아우가 없었고, 나는 남녀차별을 하는 엄마도 아닌데, 그 애는 이따금 내가 남동생을 자신보다 더 사랑했다고 불평을 하곤 했다. 성性

이 다른 자식인 아들은 엄마에게는 새로운 존재다. 아빠에게 딸이 그런 것과 마찬가지일 것이다. 아들은 여자들이 체험하는 다른 성의 새로운 에고Ego이고, 새로운 가능성이기도 해서, 아무래도 동성인 딸보다는 흡인력이 강한 존재인 것은 부인할 수 없다. 첫 아들을 안고 황홀하게 들여다 보고 있던 민아가 어느 날 문득 "이래서 엄마가 승무를 더 좋아했구나" 하며 웃었다. 우리는 첫아들을 안은 엄마의 자리에서 비로소 아들이 왜 딸보다 신기한지 알아낸 것이다. 그건 동성끼리만 느낄 수 있는 깊은 공감의 세계다.

재산 문제도 그랬다. 내가 뇌하수체에 종양이 생겨서 큰 수술을 한 후에 미국에 갔을 때, 민아는 맏이인데 내 옆에 있어 줄 수 없어서 아주 미안해했다. 그러더니 큰 발견이나 한 듯이 "아! 옛날 사람들이 결혼한 딸보다 아들에게 재산을 많이 준 이유가 거기 있었구나!" 하며 신기해했다. 1년에 한 번씩밖에 못보니까 병약한 엄마를 옆에서 돌보는 동생이 고마웠던 모양이다. 그러더니 자기는 부모를 돌보지 못하니까 이 다음에 돌아가셔도 유산을 받지 않겠다고 선언했다. 그래서 젊었을 때부터 그 애가 힘들어 할 때마다 내가 조금씩 도와주었다. 지금 생각하면 살았을 때 힘이 되어 준 것이 너무나 다행스럽게 생각된다.

민아는 식구들 모두와 그렇게 폭넓게 소통했다. 막내 동생하고는 만화로 통하고, 큰 동생하고는 핑크 플로이드나 밥 딜런으로 통하고, 아빠하고는 문학론이나 종교적 담론으로 통하고, 나하고는 여자로서의 문제와 인생 문제로 소통이 되어, 그 애는 가족 모두에게 필요한 친구였다. 모두가 그녀를 필요로 했던 것이다.

누구와 많은 이야기를 나누다 보면, 안 해야 되는 말을 하게 되는 경우가 많다. 그래서 그 말은 입 밖에 내지 말아 달라고 부탁하는 일도 있어, 헤어지고 나면 뒷맛이 개운하지 않다. 그런데 민아에게는 그런 걱정이 없다. 민아는 새 일을 생각하기에 바빠서 남에게서 들은 묵은 이야기를 곱씹을 겨를이 없기도 하지만, 입이 워낙 무거워서 절대로 남에게서 들은 이야기를 옮기지 않는다. 나도 그 애에게 그렇게 한다. 서로 남편이나 아들에게도 들은 말을 옮기지 않으니까 우리의 고해 놀음에는 후유증이 거의 없다.

민아는 고해 신부처럼 내가 하는 이야기를 다 들어주고, 공감을 표시한다. 나도 그렇게 한다. 우리는 서로의 성격과 환경을 가장 잘 아는 동성이니까, 하는 말의 의미를 가장 정확하게 이해하는 사이이기도 했다. 전공도 같은 문학이었으니까 책을 읽은 이야기도 많이 했다. 한때는 밤에 알리앙스에 같이 다니기도 해서, 두루 공감대가 넓었다. 그래서 그 애 집에 다녀오면 나는 묵은 체증이 풀린 것처럼 심신이 맑아진다.

민아는 때로 내게 멘토 역할도 한다. 처음으로 사랑을 할 때였는데, 남자가 아무래도 자기가 물러나는 게 옳겠다는 결정을 내린 일이 있다. 민아는 그를 찾아가서 그건 안 된다는 말을 하겠다고 나더러 데려다 달라고 했다. "그 사람이 한다면 몰라도 왜 니가 매달리려 하느냐?"라고 물었더니 "그 사람은 여건이 나쁘기 때문에 자기에게 매달리면 마음이 크게 다치니, 굽실거리는 일은 자기가 하는 게 옳다"고 했다. 그래서 이번에는 내가 접어 주었다. 사랑하는 사람에 대한 배려의 깊이가 존경스러웠기 때문이다. 배를 산으로 몰고 가는 것 같은 결혼을 하려 하면서, 잔 다르크처럼 씩씩하게 그 말을 하러 동숭동 길을 걸어가던 어느 날의 민아의 모습이 지금도 눈에 선하다.

자녀가 여섯이어서 가난한 교수였던 우리 오빠가 암에 걸렸을 때에도 그랬다. 미국에서 학교에 다니던 큰 조카가 밤일을 해서 매달 내게 병원비를 보내 왔다. 그때는 직장이 없어서 내게도 돈이 없었다. 내 돈이 아니면 친정에 주지 않는 성격이어서, 나는 실력도 모자라는데 번역일까지 시작했다. 하지만 오빠는 내 책이 나오기 전에 돌아가셔서 내 번역업은 도움이 되지 못했다.

그때 나는 조카가 시키는 대로 내게로 송금되는 돈을 직접 관리해서 오빠의 건강을 돌보았다. 병원에 일일이 모시고 다니고, 장까지 보아다 드리면서 오빠의 생명을 붙잡으려고 안간힘을 쓰고 있었던 것이다. 그런데 한번은 인편으로 오빠 집에 돈이 직접 간 일

엄마도 이해해드리라는 말을 했다.

어른처럼 등을 쓸어 주면서 나를 다독여 주던 그날의 민아를 잊을 수 없다.

그때 그 애는 아직 중학생이었다.

민아이야기

이 있다. 올케가 그 돈으로 아이들의 안경도 사고 등록금도 내 버렸다. "그건 목숨 값인데……. 아이를 휴학시켜서라도 아버지를 살려야지 어떻게 그렇게 해!" 하면서 내가 너무 우니까 민아도 따라 울었다. 그러더니 다음 날 학교에서 등록금을 못 내서 쫓겨나는 아이를 보니까 외숙모를 이해할 것 같더라고, 엄마도 이해해드리라는 말을 했다. 어른처럼 등을 쓸어 주면서 나를 다독여 주던 그날의 민아도 잊을 수 없다. 그때 그 애는 아직 중학생이었다.

1년에 한 번씩 미국에 가서 보낸 그 밀착된 시간의 기억 때문에, 민아를 보내고 나니 다시는 미국에 가고 싶지 않았다. 그곳에는 구석구석에 민아가 있기 때문에 감당할 자신이 없었던 것이다. 엄마를 잃은 외손자들 문제가 복잡해져서 할 수 없이 2012년 연말에 미국에 갔는데, 나는 로스앤젤레스 공항에 도저히 내릴 수가 없었다. 거기에는 언제나 앞줄에 민아와 훈우가 서 있었기 때문이다. 그래서 샌프란시스코에서 내려서 종일 자동차로 달려서 헌팅턴 비치에 갔다.

아이들이 사는 집 건너편에 민아가 전성기를 보내던 붉은 기와집이 있다. 아침마다 나는 그 집이 보이는 데크에 앉아 민아의 부재不在를 앓고 있었다. 캘리포니아에는 정말로 도처에 민아가 있다. 더위 때문에 아스팔트가 녹아서 시멘트로 포장한 프리웨이를 덜덜 거리고 달리고 있으면, 옆에서 민아 목소리가 들릴 것 같고, 헌팅턴에서 로스앤젤레스까지 가는 길가에는 민아가 다니던 벨 플라워의 법원과, 훈우가 묻혀 있는 사이프레스의 묘지가 있다. 볼사치카Bolsa Chica라 불리우는 거리가 나오면 민아가 말한다. "멕시코 말로 예쁜 여자라는 뜻이래요." 라구니 비치를 지나자면 어느 겨울 날 민아 친구들과 밥을 먹고 나서 민아가 바다를 보면서 부르던 밥 딜런의 노래들이 들려 온다. 국밥집, 냉면집에도 민아가 있고, 언니네나 조카네 집에도 어김없이 민아가 앉아 있다. 거기에서 나는 혼자인 때가 없었기 때문이다. 그래서 거기에도 민아가 없는 것은 견딜 수 없었다. 정말로 견딜 수 없었다. 그건 받아들일 수 없는 현실이었고, 용납할 수 없는 재난이었다. 거기까지 가서 민아를 못 보고 오면서, 나는 비행기 안에서 줄창 울며 왔다.

그런데 한국에는 민아가 없는 곳이 많다. 돌아와 일상으로 회귀하는 길목에도 민아가 없는 곳이 많이 있었다. 30년의 세월이 지나니 우리 집 둘레와 병원, 공원 같은 곳을 빼면, 민아가 없는 곳이 너무 많다. 사무실에도 민아가 없고, 시장에도 민아가 없고, 명동에도 민아가 없었다. 장소뿐 아니다. 축제일도 마찬가지다. 생일에도 민아가 없었고, 설에도 민아가 없었다. 그 애가 없는 대로 30년을 살아서 민아가 세상을 떠난 후에도, 눈에 밟히는 장소나 시간이 많지 않았다.

한 번도 같이 있어 본 일이 없는 공간이나 시간은 견디기가 훨

민아 이야기

씬 쉽다. 그래서 로스앤젤레스보다는 서울이 견디기가 오히려 쉬웠다. 민아는 항상 안 보이는 곳에서 신나게 살고 있었으니까, 지금도 어디에선가 그렇게 살고 있는 것 같은 착각이 드는 때가 많았던 것이다. 그래서 1년이 지나니까 상실감이 더 커졌다. 1년 이상 보지 못한 일은 한 번도 없었기 때문이다. 2년이 지나자 상실감이 더 커졌다. 2년이 되어도 민아가 돌아오지 않았기 때문이다. 죽은 정은 하루에 천 리씩 달아난다는데 민아의 경우는 반대였다.

NHK에서 한 '마츠'라는 드라마를 본 일이 있다. 전국시대의 4인자였던 마에다 가前田家의 안주인 이야기다. "바람과 함께 사라지다"에 나오는 멜라니처럼 그 여인은 생각이 깊고 정이 많아서 사람들을 구메구메 돌보았다. 그런데 이웃 번藩과 전쟁이 터졌다. 그곳 성이 함락 직전에 있었다. 마츠는 정신없이 허둥대며 집을 뛰쳐나온다. 그곳에 양자로 간 시동생이 있었던 것이다. 그가 있는 곳을 몰라서 아무 데로나 뛰어가면서 마츠가 외친다. "자주 못 보아도 좋으니 제발 거기 그대로 있어 줘요."

그 대사가 4년이 지나도 뇌리에서 떠나지 않는다. 1년에 한 번밖에 못 보아도 좋으니 민아가 제발 거기 그대로만 있어 주었으면 하는 갈망 때문이다. 친정어머니를 잃은 친구가 "시어머니가 돌아가시니 집이 텅 비더니 친정어머니가 돌아가시니 온 세상이 다 비더라."라고 말한 일이 있다. 민아는 집을 비게 한 것이 아니라 세상을 비게 했다. 온 세상을 다 비게 만들며 내 곁을 떠난 민아는 밤마다 나를 찾아온다. 새벽 두 시가 되면 나는 날마다 민아를 만난다. 그건 어느 만치의 거리에 있는 만남일까.

회한悔恨의 시간

　‘더도 덜도 말고 일주일만 혼자 있을 수 있었으면…….’ 하고 간절하게 바라던 시기가 있었다. 지난겨울(1980년)의 일이다. 연구비를 받은 논문을 써야 하는데 시간이 너무 모자랐던 것이다.

　그때 민아가 집에서 놀고 있었다. 대학을 3년 만에 졸업하느라고 그 애는 방학이 없는 대학생활을 보냈다. 민아는 새벽 다섯 시에 나가 밤 열한 시에 들어오던 고3 때처럼, 대학에 가서도 팽이처럼 맴돌았다. 방학마다 계절학기까지 했기 때문이다. 게다가 사랑까지 시작해서 얼굴을 보기도 어려운 처지였다. 그러다가 갑자기 할 일이 없는 낮 시간이 그 애에게 생겼다. 중·고등학교까지 합치면 거의 10년 만에 한가한 시간이 생긴 것이다. 그건 그 애에게는 참 낯선 시간이었다. 무얼 해야 할지 모르는 이상한 시간이기도 했다.

곧 결혼을 하고 유학을 가야 하니 다른 일을 시작할 수도 없었다. 친구들은 아직 학생이고 연인은 일터에 가 있으니 놀아줄 상대가 없었다. 사랑하는 사람과 새 나라에서 원하는 공부를 마음껏 할 수 있다는 희망 한편에는, 생전 처음 집을 떠나야 하는 데서 오는 불안이 있었다. 직장도 없는 남자와 새 나라에서 영위할 생활도 불안했을 것이고, 쌀도 씻어 본 일이 없는데 살림을 할 일도 걱정이었을 것이다. 그런 것들이 범벅이 되어 마음이 안정되지 않는지, 그 애는 자꾸 내 곁에 붙어 있고 싶어했다.

마음이 착잡해서 일이 손에 잡히지 않는 것은 나도 마찬가지였다. 토마토 같은 빨간 얼굴을 하고 그 애가 내게로 오던 날부터 우리는 떨어져 살아 본 일이 없는 모녀였다. 내 생활권에서 처음으로 한 아이가 아주 빠져나간다는 것은, 다리가 후들후들 떨릴 만큼 겁이 나는 일이었다. 나는 그 생각을 할 때마다 벌벌 떨면서 흐느껴 울었다. 그래서 다른 어느 때보다 그 애가 필요했다.

형제들이 모두 미국으로 이민을 간 후, 그 애는 내가 속내를 터놓고 이야기할 수 있는 유일한 동성이었다. 생각이 깊어서 어릴 때부터 좋은 조언을 해 주기도 하고, 때로는 깊은 공감을 나타내기도

대학 1학년 때 민아와 엄마. 1979년

변호사가 된 민아. 용인 민속촌에서 엄마, 동생과 함께. 1982년 8월

하면서, 친구처럼, 자매처럼 내 곁에 있던 딸이었다. 우리는 옷을 바꿔 입어 가면서 노닥거렸고, 머리를 올렸다 내렸다 하면서 킬킬거리는 친구이기도 했다. 저 애가 없으면 남자들만 남는 집에서 얼마나 외로울까 싶어서 몸이 오그라드는 것 같았다. 그런데 우리가 한집에서 보낼 마지막의 그 소중한 겨울에 나는 논문을 써야 한 것이다. 그래서 그 애를 자꾸 밀어내려 애를 썼다. 같이 엉겨 놀고 싶은 유혹을 물리치려면 가혹해지지 않을 수 없었다. 나는 제때 논문을 못 쓰면 죽는 줄 아는, 융통성이 없는 성격이었기 때문이다.

우리의 이런 실랑이는 새로 시작된 것이 아니다. 그 애는 내가 고등학교 교사일 때 낳은 첫아이다. 나는 얼마 지나지 않아서 대학원에도 진학했다. 학교에서 고3 아이들의 새벽 과외까지 해야 하는데, 석사과정 공부까지 겹쳤으니 몸을 찢어도 시간이 모자랐다. 그래서 아이와 많이 놀아 줄 수 없었다. 활발한 도우미 언니가 붙어 있기는 했지만, 도우미 언니가 엄마일 수는 없으니까 아이는 늘 엄마와 놀고 싶어 환장할 지경이었다.

휴일에도 달래서 도우미 언니와 같이 친정에 보낸다. 그러면 아이는 한 시간도 못 되어 되돌아온다. 사촌들과 재미있게 놀다가 문득 엄마가 자기를 밀어내고 있다는 것을 느끼는 모양이다. 그러면 불안해져서 어디가 아프다는 둥, 꼭 할 이야기가 있다는 둥 갖가지 핑계를 대면서 안방으로 쳐들어온다. 마지막에는 너무 다급해서

　　　　　　　　　　　민아이야기

못 들어오게 했더니 아이는 화가 나서 소리를 지르며 울기 시작했다. "엄마, 숙제하지 마, 숙제 같은 거 하지 말란 말이야!" 할 수 없이 책을 덮어 버리고 아이와 논다. 그러면 그날은 별 수 없이 밤을 새워야 한다. 새벽 과외가 있으니 할 짓이 아니다.

그렇게 자란 아이는 고등학교에 들어가자 편두통이 생겼다. 병원에 데리고 갔더니 혹시 어렸을 때 엄마가 직장에 나가지 않았느냐고 물었다. 그 말에 가슴이 철렁 내려앉았다. 놀고 싶을 때 엄마와 마음껏 놀지 못한 공허감이 편두통으로 매듭지어졌다는 사실에 나는 깊은 가책을 느꼈다. 다른 아이들을 기를 때는 대학의 시간강사만 해서 좀 한가했는데, 그 무렵에는 또 동생들 때문에 엄마를 독차지하는 일이 불가능했다.

그렇게 세월이 지나갔다. 그동안 아이도 커서 중·고등학교에 들어가고……. 그래서 나보다 더 바빠져서 우리들의 실랑이는 끝난 것 같았다. 그런데 내가 50이 다 되어 가니 더 이상 늦출 수 없어 박사과정을 시작했다. 나는 가능한 한 시간의 허리띠를 조이기 시작했다. 전화를 끊다시피 하고 외출을 줄였다. 사람을 만나지 않는 것이 시간을 줄이는 지름길이었다. 친구들이 멀어져 가고, 친척들도 멀어져 가고……. 그렇게 살벌한 스케줄 속에서 나의 시간과의 싸움은 계속되었다. 시간을 아끼기 위해 수단과 방법을 가리지 않아도 시간은 늘 쪼가리밖에 남지 않았다. 그 조각난 시간을 잡상

고교시절(풍문여고)의 민아. 1968년

민아이야기

인이 갉아먹고, 전화가 갉아먹고, 집 수리가 갉아먹었다. 새 옷과 새 신발을 포기하고, 좋은 아내 되기를 포기하고, 좋은 엄마 되기를 포기해도, 내 몫의 시간은 늘어나지 않았다.

그 무렵에 학교에 가면 나는 마음껏 공부하는 것이 허용되는 학생들이 무척 부러웠다. 그들 앞에 쌓여 있는 자기 몫의 시간이 부러워서 나는 늘 침을 흘렸다. 남자 선생님들 역시 선망의 대상이었다. "선생님들은 어느 시간에 공부를 하시죠?" 새 책을 내는 남자 동료들을 보면 나는 이렇게 묻곤 했다.

융통성이 없는 나는 자기 몫의 직무에 얽매이는 타입이다. 결혼을 하고 아이를 낳아 놓았는데 그들에 대한 책임을 외면하면 직무유기다. 학교도 마찬가지다. 나는 직무유기를 할 만큼 여유 있는 인품이 못 되니까 두 가지를 다 하려고 발버둥을 친 거지만, 결과는 신통치 못해서 늘 쫓기는 느낌만 팽창해 갔다.

그런 찢기는 것 같은 생활이 절정에 달한 건 지난 겨울이다. 박사과정의 텀 페이퍼를 끝내고, 연말연시의 수선스러운 가족 행사를 끝내자마자 딸아이의 혼사와 출국 문제가 코앞에 다가와 있었다. 집 수리를 하지 않으면 혼사를 치를 수 없는 형편인데, 대학에서 연구비 받은 논문의 기한이 바짝바짝 다가온다. 밤이면 아이를 떠나보낼 일이 끔찍해서 흐느끼며 울다 자고, 깨어 있을 때는 아이를 밀어내야 하는 갈등의 나날이 계속되었다. 결국 며칠 밤을 새웠는데도 논문은 시한을 넘겨 논문집에 들어갈 기회를 잃었고, 2주일 후에 치를 딸의 혼사 준비도 엉망이 되어 버렸다.

올해 6월에 딸네가 미국으로 떠나고, 남편도 1년간 있을 예정으로 "축소지향의 일본인"을 쓰려고 일본으로 떠났다. 중·고등학교 졸업반이 된 두 아들과 덜렁 남게 되었을 때, 나는 너무나 큰 죄책감 때문에 다시는 책을 집어들 마음이 나지 않았다. 머리 감기를 좋아해서 매일 드라이어 소리를 내던 딸의 롤 브러시 같은 것을 쳐다보면서 나는 그 애를 마지막까지 밀어내면서 확보하고 싶었던 나만의 시간을 저주스러운 것인 듯이 받아들였다. 남편은 내년이면 돌아오지만, 딸은 아니다. 그 애는 다시는 딸이었던 시절로 돌아오지 못한다. 그 대체 불가능한 시간을 논문 때문에 망친 것이다. 그래서 그 애를 밀어내면서 보낸 마지막 겨울은 영원한 회한의 영역으로 내 안에 상처처럼 남아 있다. 1981년 6월

민아이야기

그 애는 내가 속내를 터 놓고 이야기할 수 있는 유일한 동성이었다.

생각이 깊어서 어릴 때부터 좋은 조언을 해 주기도 하고,

깊은 공감을 나타내기도 하면서, 친구처럼, 자매처럼 내 곁에 있던 딸이었다.

우리는 옷을 바꿔 입어 가면서 노닥거렸고,

머리를 올렸다 내렸다 하면서 킬킬거리는 친구이기도 했다.

회한悔恨의 시간

2부
맘마 민아

엄마! 내 엄마! 너무 너무 고마워요……

엄마가 내게 들려 주던 이야기,

엄마가 불러 주던 노래,

챙겨 주던 선물들,

우는 머리를 받쳐 주던 손,

늘 옆에 있어 주신 것.

위로해 주신 것,

친구 사귀는 법을 알려 주던 말씀들,

나를 보고 웃어 주던 고운 웃음, 그리고 미소,

싫은 곳에 따라가서도 밝게 웃어 주던 그 관대함,

조용히 내 말에 귀 기울여 주던 그 모습,

속속들이 이해해 주던 넓은 가슴,

앞날에 대해 해 준 충고들,

보호를 받고 있다는 느낌을 주던 그 안정감,

어두운 길을 갈 때 등대처럼 빛을 비추어 주던 손,

백만장자처럼 느끼게 해 주던 충만감,

세상에서 제일 중요한 사람처럼 느끼게 해 주신 일,

잘못을 용서해 주신 것,

그리고 날 위해 빌어 주던 그 많은 기도들……

나의 가이드이며, 보호자이고, 여왕이고,

멘토이고, 등대이고, 내 어머니였던 당신이,

따라갈 수 없는 곳으로 영원히 사라져 버렸는데……

엄마! 내가 지금 무슨 말을 할 수 있겠어요?

엄마, 당신은 참 아름다운 분이었어요, 지금도 고우시지만요,

이 담에 내가 꼭 엄마 있는 곳에 찾아갈게요, 약속해요.

맘마 민아

하지만 엄마, 제발 그때까지는 떠나지 말고 날 좀 인도해 줘요,

말 잘 들을게요 엄마.

사랑해요, 내 엄마. 영원히, 그리고 언제나.

당신의 아들입니다

Thank you so much……

for the stories you told me,

the songs you sung,

the gifts you gave,

the times for you held my crying head,

the advice you gave,

the times you were there for me,

the wise words of comfort you said,

the teachings of freindship you told me,

the encouraging words you said,

the times you laughed,

the times you smiled,

무덤에 두고 간 편지

the times you come with me places you didn't want

to go but smiled and laughed anyways,

the times you simply listened,

the times you understood,

the times you talked about future,

the times you made me feel safe,

the times you guided me,lighting the way through

the darkness like a lighthouse,

the times you made me feel like a billion bucks,

as if I was the most important person on earth,

the times you forgave,

and the times you prayed for me,

What can I say, my guide,my queen,my protector,

my wise adviser,my lighthouse,my mother?

You were so beautiful,and of course, still are,

but you have flown away, where I can't go,

I will come soon, I promise.

But until then, I'll soldier on, with your wisdom to guide

me.

맘마 민아

I love you, forever and always.

your son

2012년 3월에 엄마의 장례식을 치르러 온 민아의 셋째 아들이 미국으로 가기 전에 엄마 무덤에 써 놓고 간 편지다. 내가 같은 묘지 안에 있는 부모님 산소에 다니러 간 사이에 아이는 제 돈으로 사 온 애기장미를 무덤에 심어 놓고, 그 가지에 이걸 접어서 걸어 놓고 떠났다. 다음 번에 가서 발견했을 때, 편지는 비와 이슬에 젖어 주글주글해져 있었다.

그 애는 엄마를 너무 좋아한 아들이어서, 병 때문에 떨어져 살 때 그 애의 편지는 언제나 엄마에게 행복한 눈물을 흘리게 했다. 2월에 온 편지에는 '남을 해치고 싶은 사나운 마음이 일어나지 않게 길러 주어서 고맙습니다'라는 말도 씌어져 있었다. 엄마가 새벽 기도 하는 시간에 따라 일어나 같이 성경을 읽고, 엄마의 축복기도를 받고 학교에 가는 것을 좋아하던 아이…….

엄마가 떠난 지금도 이 아이는 엄마를 기쁘게 할 일만 하면서 살고 싶다고 말한다. 자식에게서 그런 완벽한 사랑을 받다니……. 민아는 성공한 어머니라 할 수 있다.

Thank you so much...
For the stories you told me,
the songs you sung,
the gifts you gave,
the times you held my crying head,
the advice you gave,
the times you were there for me,
the wise words of comfort you said,
the teachings of friendship you told me,
the encouraging words you said,
the times you laughed,
the times you smiled,
the times you came with me places you didn't want
to go but smiled and laughed anyways,
the times you simply listened,
the times you understood,
the times you talked about the future,
the times you made me feel safe,
the times you guided me, lighting the way through
the darkness like a lighthouse,
the times you made me feel like a billion bucks,
as if I was the most important person on earth,
the times you forgave,
and the times you prayed for me.
What can I say, my guide, my Queen, my
protector, my wise advisor, my lighthouse, my
mother?
You were so beautiful, and of course, still are,
but you have flown away,
where I can't go.
I'll come soon, I promise.
But untill then, I'll soldier on,
With your wisedom to guide me.
I love you, forever and allways,
Your son

맘마 민아

암이 골반까지 침범해서 시한부 인생인데, 민아가 막내인 딸을 한국에 데려오겠다고 해서 반대한 일이 있다. 고등학교에 막 들어간 어린아이가, 엄마가 나날이 목숨이 축이 나며 사라져 가는 과정을 지켜보는 것이 너무 애처로워서였다. 학기 도중에 학교를 옮기는 것도 안 좋은 일이라 생각했다. 방학마다 미국에 오가느라고 차분히 책상에 앉아 있을 수 없는 것도 걱정이었다.

하지만 더 큰 걱정은 민아였다. 암 말기 환자라 해도 엄마에게는 엄마의 역할이 남아 있는 법이다. 에누리 없이 수행해야 할 준엄한 엄마의 의무 말이다. 아이가 오면 민아는 전학 수속에서부터 숙제 돌보기, 사춘기 아이의 감정관리까지 도맡아 보살펴야 한다. 친구도 없고, 말도 안 통하는 낯선 나라에 온 사춘기 아이는 엄마를 아주 힘들게 할 것이 분명했다.

예상했던 대로 민아는 아픈 몸을 끌고 그 애네 학교에 드나들었다. 아이가 외로워하면 고양이 카페에도 데리고 다녔다. 말랑하고 따뜻한 고양이를 안고 있으면, 그 촉감이 아이는 안정시켜 주겠지만 엄마는 아니다. 면역력이 떨어진 상태라 세균에 감염될 위험성이 많고, 의자가 딱딱해서 환자가 앉기에는 너무 불편했다. 그러니 고양이 카페에서 두세 시간씩 보내는 것은 민아에게는 금기 사항이다.

그런데 민아는 주말마다 그 금기를 어겼다. 생명을 깎는 행위였다. 그렇게 건강을 해치는 일을 되풀이하더니 마지막에는 아이의 여권 기간을 연장하려고 도쿄 여행까지 감행했다. 의사가 비행기는 절대로 절대로 타지 말라고 신신 당부했는데, 그 엄청난 금기를 어긴 것이다. 돌아오니 석 달간 멎었던 복수가 다시 차기 시작했다. 그건 목숨을 건 여행이었다.

아이가 와서 사는 것은 내게도 과중한 부담이었다. 학교가 남산 밑에 있어 교통편이 없으니 천생 데려다 주어야 한다. 그뿐 아니다. 거처를 따로 마련해 주고 가구도 사야 한다. 혼자만 와 있으면,

맘마 민아

좁긴 하지만 우리 집에서 어떻게든 비벼 볼 수 있다. 그러면 내가 종일 민아를 살펴볼 수 있다. 집이 달라지면 그게 안 된다. 모두에게 바람직하지 않은 결정이다. 민아도 그런 문제들을 모르는 것이 아니다. 자기가 힘드는 것은 각오한 바지만, 부모에게 많은 부담을 주는 일이어서 민아는 몹씨 미안해 했다. 그러면서도 결정을 바꾸지 않았다. 목숨에 시한時限이 정해지자, 아이와 같이 있는 시간을 가지는 것을 우선순위 1로 생각한 것이다.

그렇다. 모성은 언제나 민아의 삶에서 우선순위 1위였다. 네 번째 아이여서 미처 손이 가지 못한 부분이 많았던 막내인 딸에게, 그동안 못 다한 사랑을 베풀어 주고 떠나고 싶은 그 마음을 누가 말리겠는가? 아이도 같은 마음이었을 것이다. 시한부인 엄마를 앞에 두고 아이는 엄마에게 조금이라도 더 사랑을 베풀고 싶어 애를 쓰고 있었다. 무릎에 눕혀 놓고 마사지를 해 주기도 하고, 화장을 해 주기도 했으며, 샐러드를 만들어 먹게 했고, 복수를 뺄 때는 몇 시간씩 병실을 지켰다. 처음으로 엄마를 독점하여, 네 남매가 엄마를 나누는 데서 생긴 불만들을 치유해 갔으니, 그건 슬프지만 의미 있는 이별의 세월이었다.

아이들을 워낙 좋아하는 민아는 엄마 노릇을 아주 잘했다. 자기가 세상에서 제일 잘 할 수 있는 일이 엄마 노릇하고 공부라고 민아는 내게 늘 자랑을 했다. '엄마'인 것을 무슨 벼슬처럼 생각하고 있었던 것이다. 고등학생 때 '우리들 세계'라는 TV 프로그램에 나가서 우승을 하자, 아나운서가 민아에게 앞날의 희망을 물은 일이 있다. 민아는 서슴지 않고 엄마가 되는 거라고 대답했다. 아이를 열 명쯤 낳았으면 좋겠다는 말도 해서 물은 사람을 웃겼다.

열 명은 아니지만 민아는 네 명의 아이를 낳았다. 밑의 아이들은 두 살 터울이어서 민아는 검사직을 그만두고 6년 동안 기저귀 채우기를 업으로 삼게 되었다. 그 일이 끝나자 운전수가 되었다. 네 아이를 데려가고 데려와야 하니 종일 운전을 해야 한다. 어느 날 내가 놀라서 사위에게 말했다. "쟤가 우리 기사보다 두 배나 더 운전 하네." 그 사람은 순순히 "알고 있습니다." 했다. 막내를 낳을 때 자기가 대신 해 보았는데, 정말 쉴 사이가 없더라는 것이다.

그러니 민아에게는 차분히 앉아 자기 일을 할 시간이 없었다. 첫 아이 때문에 큰 로펌의 변호사 자리를 그만두고 검사가 되었다. 네 시 반이면 일이 다 끝난다는 이유에서였다. 학교에서 내가 우리 딸이 아이 때문에 검사가 되려고 한다고 했더니, 미국에서 살다 온 동료 교수가 '외국인이 어떻게 미국에서 검사가 되느냐'고 펄쩍 뛰었다. 그래서 그게 아주 어려운 일이라는 것을 알게 되었다.

그런데 민아는 그렇게 어렵게 얻은 검사의 자리도 서슴지 않고 그만두었다. 아이가 넷으로 불어났기 때문이다. 승벽이 강한 성격

맘마 민아

막내 딸 100일 때. 1996년

맘마 민아

인데, 엄마로 살기 위해 자신의 커리어를 그렇게 쉽게 접는 걸 보고 내가 놀랐다. 나는 시간 강사를 하면서라도 일을 놓지는 않았기 때문이다. 검사를 그만둔 민아는 집에 사무실을 만들고, 파트 타임으로 사건을 맡아 변호사로서 명맥을 겨우 이어 갔다. 그때 민아의 본업은 변호사가 아니라 기사였고, 24시간 근무하는 베이비 시터였다.

그런데 민아는 그 역할을 너무 즐겼다. 한 가지 일에 전력투구하는 성격이어서 일과 육아를 양립시킬 수 없기 때문에 어차피 하나만 해야 하는데, 자기에게 고르라면 단연 베이비 시터 쪽이라고 말하면서 환하게 웃었다. 아이만 기르면서 사는 쪽이 더 행복하다는 것이다. 베이비 시터 역할에서 그렇게 행복을 느낄 거면 무엇 때문에 20년 가까운 세월 동안 눈이 망가질 정도로 열심히 공부를 했느냐고 묻고 싶었다.

민아는 생리적인 면에서도 엄마 역할이 적성에 맞았다. 갑상선 기능항진 증세가 있어서 항상 몸이 편하지 않았는데, 임신을 하면 호르몬 밸런스가 맞아가서 컨디션이 점점 좋아진다. 그건 아기가 탄생하는 기쁨에 덧붙여진 예상치 않은 보너스였다. 임신한 기간이 최고로 행복하다고 하더니, 갑상선 암을 앓으면서 아이를 둘이나 더 낳아서 나를 기함하게 만들었다. 만약 엄마가 죽으면 그 많은 아이들을 어떻게 할 작정인가? 엄마의 암이 아기에게 해가 될

맘마 민아

수도 있지 않을까?

아니나 다를까, 둘째 아이 때는 임신 말기에 갑자기 양수가 말라 버리는 이변이 일어났다. 자칫하면 아이를 잃을 뻔 한 것이다. 그 아이에게 ADHD 증세가 나타난 것도 어쩌면 엄마의 암 때문이었는지도 모른다. 하지만 민아는 아이들과 더불어 오래오래 충만한 기쁨 속에서 살았다.

민아는 유아기의 아이들을 특히 좋아했다. 어린 아이들과 궁합이 잘 맞는 것이다. 제 아이가 넷이나 되는데 걸핏하면 남의 아이까지 보아 주곤 해서 그 집은 늘 유치원 같았다. 그 다음은 사춘기다. 민아처럼 사춘기 아이들을 잘 다루는 여자를 나는 본 일이 없다. 어디로 튈지 모르는 짓을 해대는 사춘기 아이들은, 적당히 풀어주면서 들키지 않게 지켜봐야 하는데, 민아는 대범하면서도 치밀해서 그 두 가지를 아주 잘 조화시켰다. 첫 아이를 제외하면 막상 제 아이들은 사춘기 때 돌보아 주지 못하고 떠났지만, 그 대신 사춘기에 얼떨결에 법을 어긴 길 잃은 남의 아이들을 여럿 구제해서 그 모성의 폭을 넓혀 갔다. 수입이 적은데도 청소년 전담 변호사가 된 것은 남의 아이들 엄마까지 하기 위해서였다. 그렇게 돌봐준 아이들이 민아를 '맘마 민아Mamma Mina'라고 불렀다.

나는 자식을 칭찬할 줄 모르는 어머니지만, 그런 내 눈으로 보아도 민아는 정말로 칭찬받을 만한 청소년 변호사였다. 사건을 맡으

민아 아이들의 행복했던 유년기

맘마 민아

면, 민아는 계산을 초월한다. 변호사 면담비는 분 단위로 계산되는 것이 통례다. 그런데 민아는 추가 부담을 안 주면서 제한없이 고객을 돌보니까, 같은 직업을 가진 남편이 '이상한 변호사'라고 놀리곤 했다. 그렇게 전력투구를 하니까 클라이언트들과 모자관계 같은 것이 생겨난다. 훈우가 죽으니까, 법정에서 힘들여 지켜준 아이들이 와서 민아를 '맘마 민아'라고 부르면서 대신 아들 노릇을 해주겠다고 나섰다. 자식을 잃는 건 대체 불가능한 존재를 잃는 치명적인 재난이지만, 그들의 말은 큰 위로가 되었다.

자기 아이들에게는 더 인기가 있었다. 그래서 나는 민아의 엄마 노릇을 관심을 가지고 살펴보았다. 남들과 좀 달랐기 때문이다. 민아의 엄마 노릇은 언뜻 보면 아이를 '돌보지 않는 것처럼' 보일 수 있다. 민아는 밥그릇을 들고 다니면서 아이를 달래서 싫다는 음식을 걷어 먹이는 형의 부지런한 엄마가 아니다. 물고 빨고 하면서 사랑을 과잉 노출시키는 감성적인 엄마도 아니다. 사사건건 참견하면서 아이가 아이비리그에 들어가는 것을 삶의 목표로 삼는 형의 엄마도 역시 아니다.

그 대신 민아는 아이를 인격적으로 존중한다. 이따금 같이 놀아도 아이와 노는 시간에는 아이에게만 올인하는 것이 민아의 미덕이다. 첫 아이하고 둘이만 살 때, 민아는 돈도 없고 차도 없었다. 그래도 민아와 훈우는 늘 행복한 주말을 보냈다. 주말이면 버스를 타고 동물원에 가거나 골든게이트 파크에 가서 아이와 열심히 놀아 주기 때문이다. 동물원에는 얼룩말 무늬가 그려진 기차가 있었다. 훈우는 그걸 타고 구내를 돌아다니는 것을 너무 좋아했다. 엄마도 마찬가지다. "앗! 지브라 카(얼룩말 차)다!" 하며 엄마인 민아가 먼저 신이 나서 뛰어가던 장면이 지금도 눈에 선하다. 아이를 돌보는 것이 아니라 같이 즐기기 때문에 아이들은 아주 행복해 한다.

책을 읽어 줄 때도 마찬가지다. 민아는 자기가 먼저 그 책에 빠져든다. 같은 책에서 매번 새로운 재미를 찾아내니까, 아이를 위해 책을 읽어 주는 것이 아니라 자기가 읽고 즐기는 것처럼 보인다. 노래를 부를 때도 마찬가지다. 피아노를 치면서 엄마가 먼저 노래에 몰입하니 아이들은 합창을 하면서 친구처럼 엄마와 가까워지는 것이다.

민아는 결혼할 때 기본 생활비를 남편이 부담하고 나머지는 자기가 부담하기로 남편과 약정을 했다. 그 대신 돈의 용도에 대해 간섭하지 않기로 한 것이다. 그런데 아이들이 많아져서 일을 제대로 할 수 없고, 변호사비도 방만하게 받으니, 늘 경제적으로 여유가 없었다. 그래도 남편에게 손을 벌리지 않았다. 어려워도 아이들만 있으면 민아는 언제나 기쁘게 살았다. 엄마인 것을 최상의 기쁨으로 받아들이니까 결핍을 느낄 여지가 없었던 것 같다. 아이들과 같이 뒹굴면서 민아의 젊은 날은 늘 기쁨으로 충만했다.

민아는 그렇게 어렵게 얻은 검사의 자리도 서슴지 않고 그만두었다.

아이가 넷으로 불어났기 때문이다.

검사를 그만둔 민아는 집에 사무실을 만들고,

파트 타임으로 사건을 맡아 변호사로서 명맥을 겨우 이어 갔다.

그때 민아의 본업은 변호사가 아니라 기사였고,

24시간 근무하는 베이비 시터였다.

맘마 민아

민아는 아이를 전적으로 믿어주는 미덕도 가지고 있었다. 할 수 있는 능력만 인정되면 그 조항에서는 아이에게 완전한 자율권을 주는 것이 민아의 육아법이다. 훈우가 다섯 살 때인데, 방학에 기숙사 세탁실에 같이 간 일이 있다. 세탁실에 들어가자 아이는 혼자 대형 세탁기에 벌벌 기어올라가 기계를 마구 만지기 시작했다. 내가 놀라서 소리를 질렀다. 기계를 망가뜨릴까봐 걱정이 되었던 것이다. 그래서 야단을 치니까 아이가 울면서 말했다.

"할머니는 바보야. 훈우 그거 할 줄 안단 말야. 암마는 늘 날 시키는데 왜 못하게 하고 그래?"

정말로 그 아이는 세탁기와 건조기 조작법을 나보다 잘 알고 있었다. 그래서 엄마가 그 일을 아이에게 전담시키고 있다는 것도 알게 되었다.

훈우가 열 살쯤 되었을 때의 일이다. 오랜만에 내가 가니까 로스앤젤레스에 있는 가족들이 총동원되어 샌디에이고에 놀러 갔다. 그런데 잠이 안 와서 형부가 새벽에 로비에 내려갔더니 훈우가 그 빈 공간에 혼자 있더란다. 호텔 홍보물을 탐독하고 있던 아이는, 그 호텔에 대해 완전히 마스터해서, 형부를 모시고 여기저기 다니면서 투숙객이 누릴 수 있는 혜택을 고루 맛보게 해 드리더라는 것

맘마 민아

이다.

여행 갈 때면 스위트 룸을 얻어 아이를 옆방에 재우는데, 초저녁
잠이 많은 아이는 새벽에 일찍 깨면, 엄마를 깨우는 대신 혼자서
아래에 내려가 책을 읽거나 게임을 하면서 그런 식으로 시간을 보
내는 일을 허락받고 있었다. 모르는 사람이 보면 완전한 아동 유기
다. 그 대신 해서는 안 되는 일에 대한 약속을 철저히 지키게 훈련
시킨다. 호텔의 로비를 벗어나면 안 된다. 건물 밖에 나가는 것은
더욱 안 된다. 문지기의 시계視界를 벗어나는 것도 안 되며, 호텔의
기물을 함부로 만지는 것도 안 된다. 그렇게 금기사항을 철저히 알
려주고, 지킬 수 있다고 약속을 하면 일정한 검증 기간을 두고 관
찰한다. 그러다가 약속 이행 능력이 확인되면, 그때부터 아이는 나
이와 상관없이 그 일을 해도 되는 자유를 얻는 것이다.

그래서 민아네 아이들은 엄마와의 약속을 아주 잘 지킨다. 언젠
가 다섯 살 된 둘째를 데리고 산보를 하고 있는데, 길 모퉁이가 나
타나자 아이가 걸음을 멈추었다. 엄마하고 그 너머에는 가지 않는
다는 약속을 했다는 것이다. 그 약속을 잘 지켜서 그 아이는 다섯
살 때부터 집 앞에서 혼자 놀 자유를 누렸다.

민아는 아이들에게 선택권을 주는 일에도 파격적으로 너그러웠
다. 온 가족이 놀러 가거나 외식을 하러 갈 때, 싫다는 아이가 있으
면, 그냥 두고 간다. 어떤 경우에도 강제로 데리고 가려 하지 않는

다. 여행할 때도 마찬가지다. 싫다는 아이는 가사도우미에게 맡기고 가는데, 가면서 애처로워 하거나 걱정을 하지 않는다. 아이가 원하는 것을 주었기 때문이다. 먹는 것도 마찬가지다. 싫다는 음식은 안 먹인다. 집에 다양한 먹거리를 준비해 놓고, 배가 고프면 자기가 원하는 것을 먹게 한다. 그러면서 아이들의 기호는 정확하게 알고 있다. 계란 하나도 어느 애는 삶아 줘야 먹고, 어느 애는 후라이, 어느 애는 스크램블로 해 주는 식인데, 귀찮으니 통일하라는 식의 말을 하지 않는다.

한번은 훈우와 둘이 나가서 아이의 이불을 사 온 일이 있다. 그런데 이불이 너무 미웠다. 아이가 고른 것이라 한다. 북청색 바탕에 조잡한 무늬가 있어 너무 칙칙했다. 그때 아이는 겨우 일곱 살이었다. 왜 저런 걸 고르는데 말리지 않았냐고 내가 잔소리를 하니까 민아가 대답했다.

"아무리 애지만 저는 눈이 없겠어요? 저걸 몇해 동안 보고 있으면, 자기가 잘못 골랐다는 걸 알게 되겠죠. 그러면 그런 짓은 다시 안 할 거예요. 기다리면 해결된다구요."

민아의 말은 이번에도 맞았다. 훈우는 엄마보다도 훨씬 안목이 높은 심미적인 대학생으로 자랐기 때문이다. 민아는 성격이 느슨

맘마 민아

해서 그 기다리는 시간에 조바심을 내지 않는다. 관대함도 타고나는 소질의 하나라는 생각을 했다.

공부도 마찬가지다. 훈우는 알테지아에 있는 휘트니라는 좋은 공립학교에 과외도 하지 않고 들어갔다. 에세이를 잘 쓴 것이 효험이 있었던 것 같다고 했다. 하지만 들어가 놓고는 공부를 열심히 하지 않았다. 아이큐가 엄마보다 높은 우수한 학생인데, 숙제를 하지 않아서 성적이 깎인다고 했다. SAT의 수학 성적은 A급인데 학교의 수학 성적은 C인 식이다. 생각해 보니 다 아는 문제인데, 무슨 재미로 숙제를 하고 싶을까 싶기도 해서 나도 별로 걱정을 하지 않았다. 바느질을 잘하는 나도 재봉시간에 소설만 읽어서 점수가 엉망이던 게 생각난 것이다. 하지만 내신 성적이 나빠지니 대학입시가 문제였다.

훈우는 고등학교 3년 동안을 여름 방학마다 한국에 와서 푸짐하게 놀다 갔다. 그 애 말에 의하면 압구정동이나 신촌같이 재미있는 일이 많은 곳은 세상에 다시는 없다고 한다. 고2 때의 어느 날 내가 그 애를 붙잡고 부탁했다. "지금이 네 운명을 가름하는 중요한 해니 정신 차려서 공부하고, 노는 것은 다음에 하면 어떻겠느냐?" 라는 요지였다.

"할머니! 그때가 되면 뭘 해도 재미가 없어져요. 그래서 노는 일은 지금 해야 한다구요. 그리고 이 한 해가 내 운명을 가르지 않아요. 파이널 스쿨이 중요한 거예요. 나는 등록금이 아까워서 아이비리그에는 안 갈 거예요. 그렇다고 시시한 4년제 대학에도 안 갈 거구요. 실컷 놀고 나서 시티 칼리지를 다닐 예정이에요. 거기서 학점 잘 받으면 좋은 국립대에 갈 수 있거든요. 두고 보세요, 좋은 대학원 나와서 멋있는 법률가가 될 거니까!"

"엄마! 여기서는 그렇게 해도 되기는 돼요."라고 민아가 말했다. 처음에 민아는 훈우를 이해할 수 없었다. 숙제를 안 하면 죽는 줄 알고 자란 고지식한 엄마는, 머리가 좋은 아이가 성적이 나빠지는 짓을 하는 것을 이해할 수 없었던 것이다. 모자가 그 문제로 실랑이를 하다가 엄마가 아이에게 졌다. 공부를 안 하던 아이는 어느 날 아빠와 차 받기 내기를 했다. 성적이 4.0을 넘으면 원하는 차를 사주기로 한 것이다. 그러자 훈우는 단번에 4.3을 받아 와서 차를 사 받았다. 이미 내신이 제출된 후라서 그 성적은 대학입시에 도움이 되지 못했지만, 엄마는 거기에서 아이의 자율적인 수학능력을 확인했다. 훈우는 자기보다 머리가 좋은 데다가 성취욕이 훨씬 더 강한 편이니 제 앞길은 스스로 헤쳐 나갈 것이라는 믿음을 얻었다는 것이, 아이를 시티 칼리지에 보내게 생긴 고3 엄마의 태평한 대사였다.

자신의 말대로 훈우는 시티 칼리지에서 좋은 성적을 받아 버클리 대학에 들어갔고, 쿰 라우더*를 받고 졸업했다. 제 아빠가 꼭 하버드에 가라고 간청하자 "동부는 추워서 안 가고 싶어요"라고 투덜대면서도 아빠 말을 따라 하버드 법대 입학 준비를 하다가 그 애는 병에 걸려서 세상을 떠났다. 예고 없이 닥쳐온 뇌수막염 때문에 25세의 나이에 엄마 곁을 떠난 것이다. 일을 너무 잘해서 인턴으로써 본 변호사들이 법대 나오면 자기한테 오라고 경쟁을 벌일만큼 영특한 아이였는데, 다 길러 놓으니 모기가 와서 물어 죽였다. 나는 어떤 고난도 다 참을 수 있지만 아이들의 죽음만은 받아들일 수 없다. 막 교육과정이 끝나자 그 힘들게 기른 아이가 죽으니 민아도 두 손을 다 놓았다. 다시는 아이를 기르고 싶은 마음이 없어졌다면서, 움직이지 못하던 세월들이 생각난다.

성적에는 관대했지만, 민아는 교우관계를 철저히 감시했다. 첫 애가 고등학교에 다니는 3년 동안 민아는 아이를 지키기 위해 변호사업을 전폐하다시피 했다. 잠시도 훈우에게서 눈을 떼지 않은 것이다. 퍼블릭 스쿨에는 여러 종류의 아이들이 온다. 미국 고등학교의 문제는 스케일이 크다. 대마초나 총기 휴대 같은 엄청난 사건이 고등학교에서 발생하기 때문이다. 청소년 변호사를 하면서 민

---

* Cum Lauder : 라틴어로 우수상을 의미한다.

아는 아이들이 얼마나 범죄에 오염되기 쉬운 환경에 놓여 있는가를 터득했기 때문에, 날마다 일찍 가서 기다려 아이가 친구의 차를 타고 딴 데로 새는 것을 방지했다.

한때는 압구정동에서 알게 된 한국 아이가 미국에 와서 날마다 훈우를 기다린 일이 있다. 말이 통하지 않아 학교에 다니지 못하는 그 아이는, 훈우가 필요했다. 그래서 근사한 차를 타고 매일 교문 앞에서 훈우를 찾았다. 하지만 엄마가 더 일찍 와서 대령하고 있으니까 김이 새서 다른 도시로 가 버렸다. 민아 말대로 '눈을 화등잔같이 뜨고' 지킨 보람이 있었던 것이다. 조임과 놓아주기의 이런 적절한 조절은 민아가 아니면 하기 어려운 묘기다.

하지만 그 일이 너무 힘들었고, 종교 교육의 필요성도 절감해서 민아는 다음 아이들은 모두 미션 스쿨에 보냈다. 세 아이가 사립학교에 다녀서 경제적으로는 노상 버거웠지만, 죽을 때까지 아무리 힘들어도 그 원칙은 바꾸지 않았다. 엄마가 떠난 후 사춘기의 아이 셋이 부모 없는데서 자라는데, 그 과정에서 민아가 시킨 종교 교육의 힘이 중요한 받침돌이 되는 것을 나는 확인했다.

민아는 요리하는 걸 싫어하니까 먹거리를 고루 사다 상을 차려 놓는다. 그러면 아이들은 제가끔 원하는 것으로 아침을 챙겨 먹는다. 전날 아이들의 준비물과 옷을 챙겨 의자에 올려놓고 자기 때문에, 네 아이의 엄마인데도 민아에게는 새벽에 기도를 할 시간이 있

맘마 민아

었다. 이상한 것은 그렇게 기르는데도 그 집 아이들이 모두 돌덩이처럼 건강하다는 것이다. 그러니 거기에도 민아만의 노하우가 있었지 않았나 싶다.

　무덤에 써 놓고 간 막내 아들의 편지를 보며 나는 민아는 성공한 어머니라는 생각을 했다. 아버지가 엄마와 별거를 선언한 후 아이들을 데리고 골프 치러 가자고 왔는데, 중학생인 막내 아들이 거절하더란다. "엄마가 혼자 울고 있는 시간에 골프장에 가서 시시덕거리고 싶지 않다"면서 아버지의 손을 뿌리치더라는 것이다. 그리고 그 애는 다시 아버지의 손을 잡지 않았다. 그 애에게 있어 엄마는 '여왕이고, 멘토이며, 친구이고, 등대'였기 때문이다.

　둘째에게도 엄마는 보호자이고 스승이고 여왕이었다. 그 애가 너무 원해서 세상 떠나기 석 달 전에 민아가 비무장지대에 아이들을 데리고 간 일이 있다. 아이들을 따라 땅굴까지 구경한 민아는 돌아올 때 지쳐서 늘어졌다. 그러자 둘째 아들이 내내 엄마를 안고 돌아왔다, 그건 인간이 인간을 안는 가장 아름답고 정성스러운 포옹이었다. 그 애 품에서 엄마가 너무나 편안해 보여서 부러워질 지경이었다.

　그게 아이들과의 마지막 만남이었다. 부활절 휴가에 아이들을 본다고 손꼽아 기다리다가 민아는 부활절 전에 갑자기 심장마비

딸, 민아와 둘째 아들, 막내 아들, 조카. 1998년경

를 일으켜 세상을 떠났다. 엄마가 숨지는 것을 본 막내인 딸은 2년
이 지나도 안정을 되찾지 못하고 허덕였다. 그 아이는 앨범에서 엄
마와 자기가 있는 사진을 다 꺼내 스마트폰에 저장했다. 수시로 엄
마를 보기 위해서다.

열두 살에 어머니를 잃은 우리 남편이 그랬다. 어머니는 돌아가
셔도 다시 돌아와 영원히 옆에 있어 준다고……. 사춘기에 엄마를
잃어 힘들게 사는 내 손자들 옆에도 '가이드이며, 여왕이고, 보호자
이며, 등대였던' 그들의 엄마가 영원히 같이 있어 주었으면 좋겠다.

맘마 민아

손가락도 다섯 개 , 발가락도 다섯 개

민아가 미국에서 첫아기를 낳았을 적의 일이다. 그때 열다섯 살이던 조카딸이 새 아기를 보고 너무 너무 신기해서 종일 친구들에게 자랑하고 다녔단다. 그런데 자랑하는 항목이 재미있다.

"얘, 우리 언니가 애기를 낳았는데 있지이, 글쎄 애기가 손가락도 다섯 개구 발가락도 다섯 개다."

당연한 것을 왜 자랑하느냐고 저의 엄마가 아무리 야단을 쳐도 그 애의 수선은 막을 수가 없었단다. 보이지도 않는 깜깜한 배 안의 어둠 속에서, 신기하게도 손가락 다섯 개, 발가락 다섯 개를 고루 장만하여 가지고 나온 어린 생명에 대한 조카딸의 놀라움은 그만큼 컸고, 그래서 임금님의 귀가 당나귀 귀인 것을 알아낸 이발사처럼 그 애는 그 경이로운 사실을 사람들에게 알리지 않을 수 없었던 모양이다.

한 달 후에 아기가 한국에 왔을 때 조카애의 경이감은 우리에게도 그대로 전염되었다. 열 시간 넘어 비행기에 시달린 아기는 무서운 표정을 짓고 있었는데, 그 애의 할머니는 아기가 야단치는 것 같은 표정을 지을 줄 안다며 좋아하셨고, 기저귀를 버려 놓자 이번에는 아기가 배변할 줄 아는 게 신기해서 탄성을 올렸으며, 하품을 하면 할아버지가 신기해했고, 막내 삼촌은 쌍꺼풀이 지는 눈을 신통해했다.

그 후 1년간 우리 집에서 자라는 동안에 훈우는 날마다 그런 식의 기적을 우리에게 보여 주었다. 옹알이를 시작하고, 웃고, 기고, 앉고 하는 어느 하나도 기적처럼 느껴지지 않는 것이 없었다. 그렇다. 그것은 어김없는 기적이었다. 인간의 능력 너머에 있는 어떤 초현실적인 능력이 작용하지 않는다면 기는 아이를 서게 할 힘이 대체 어디에서 나오겠는가? 주변 사람들은 모두 그 어린 피조물을

맘마 민아

훈우는 날마다 그런 식의 기적을 우리에게 보여 주었다.

옹알이를 시작하고, 웃고, 기고, 앉고 하는

어느 하나도 기적처럼 느껴지지 않는 것이 없었다.

그렇다. 그것은 어김없는 기적이었다.

훈우 이야기

통하여 창조주의 손길을 느낄 수 있었다. 손가락 다섯 개, 발가락 다섯 개 말고도 우리의 육체 안에는 너무나 고마워해야 할 부분이 많다는 것을 우리는 알게 되었고, 인간이 걷고 뛰고 말하고 생각하고 하는 능력이 모두 감사의 대상이 되어야 함을 깨달았던 것이다.

아기를 통해서 우리가 당연하게 여겼던 일들이 사실은 감사해야 할 대상임을 배운 것은 특히 민아의 막내 동생을 위해 도움이 됐던 것 같다. 훈우의 막내 삼촌이던 그 애는 그때 마침 사춘기였다. 완벽한 인간이 되고 싶다는 욕심 때문에, 자기 자신의 모든 것을 마땅찮게 여기게 만드는 그 사춘기적 증상이 그 애에게도 어김없이 찾아와서, 그 애는 여드름이 난다하여 자기 얼굴을 미워하고, 다리가 늘씬하지 않다 하여 자신의 육체를 미워하고, 명석하지 않다하여 자신의 두뇌를 못마땅해하고 있는 중이었다. 부모가 관심을 가지면 그 관심이 지겹고, 무관심하면 버림받는 것 같아 또 괴로워서, 자기가 자신을 물어뜯어 망가뜨리고 있는 그 와중에 아기가 온 것이다.

아기는 막내에게 아주 많은 것을 주는 존재가 되었다. 의식이 생긴 후에 처음 보는 아기는 그 사람의 정신적 첫아이라고 할 수 있다. 막내와 훈우의 관계도 예외는 아니었다. 막내가 그 무렵에 가장 깊이 사랑한 것이 그 조카였다. 엄마에게서는 이미 떠났는데, 연인은 아직 나타나지 않아서, 마음붙일 데가 없는 그 막막한 시기

맘마 민아

삼촌들과 훈우. 1987년

훈우 이야기

의 고독감을, 아기는 소리 없이 달래 주고 있었다. 말랑말랑한 육체의 촉감은 가슴의 상처를 어루만져 주는 듯했고, 저 불편하면 때와 시를 가리지 않고 울고 보채는 그 동물적인 정직성은 번민에 지친 머리를 식혀 주는 데 특효가 있어 보였다.

그뿐 아니다. 아기가 '손가락도 다섯 개, 발가락도 다섯 개'인 것을 보면서 느끼는 경이감은, 징상적으로 태어난 자신의 육체적 조건을 겸허하게 받아들일 것을 가르쳐 주었을 것이고, 손가락, 발가락이 다섯 개인 사실이, 그 당연해 보이는 사실이, 이미 감사해야 할 일인 것도 깨우쳐 주었을 것이다. 어느 날 길에서 리본을 하늘거리며 나풀나풀 뛰어가는 여자애를 보면서 막내는 내게, 훈우가 일어나 서서 저 애처럼 뛰게 된다면 그건 기적 같겠다고 말한 일이 있다. 그 말을 하면서 그 애는 아마 자기가 뛸 수 있음도 그렇게 기적처럼 일어난 일이라고 생각하지 않았을까?

막내는 또 아기가 어른이 되는 과정에서 얼마나 많은 보살핌을 받는 존재인가를 목격할 수 있었다. 나는 비교적 모성적인 편이라 아이들을 철저하게 돌보는 성격이다. 손자라고 예외일 리 없다. 내가 박사과정을 이수하며 학교에 나가는 그 복잡한 소용돌이에 휩쓸리고 있을 때 아기가 왔는데도, 나는 아기를 꼭 직접 데리고 잤다. 남에게 맡기면 밤중에 깨서 우는 아이를 잠결에라도 험하게 다룰까봐 염려되어서였다. 피곤하여 얼굴에 기미가 끼고 빈혈이 되어 비틀거리면서도 아기를 정성껏 돌보는 나를 보면서, 막내는 자신이 받은 극진한 보살핌과 사랑의 기억을 되살리지 않았을까? 어쨌든 막내는 아기가 오고 나서 한결 명랑해졌고 건강도 좋아졌다. 혼자서는 아무것도 못하는 무력한 아기가 사춘기의 삼촌을 그렇게 많이 도운 것이다. 그리고 보니 아이가 어른의 아버지라는 말이 맞는 것 같다.

이 아이를 통하여 나는 세상의 모든 아이들에 대한 사랑을 다시 찾았다. 그래서 모든 아이들이 나를 보면 웃을 수 있게 되는, 또 하나의 교감을 그들과 갖게 됐다. 훈우는 나의 모성을 회복시킨 네 번째 아이이다.

1991년

진흙 공포증

훈우는 올해 여섯 살, 내 딸의 아이다. 미국에서 법대에 다니는 엄마가 변호사 시험을 쳐야 해서 그 애는 몇달 동안 한국에 와 있게 되었다. 마침 내 친정아버지가 돌아가실 무렵이어서 우리 집 형편이 좋지 않았다. 내가 학교와 병원을 오가며 살아야 하니까, 한국말도 제대로 못하는 아이를 도우미 아줌마가 감당해 낼 수 없었던 것이다. 그래서 흑석동에 있는 친가에 가 있기로 어른들끼리는 약속이 되어 있었다.

그런데 아이가 거부권을 행사하고 나섰다. 흑석동에 가지 않겠다는 것이다. 물론 예상하지 못했던 일은 아니다. 그 애는 낳자마자 우리 집에 와서 1년간 있다 갔고, 그 후에도 방학에는 엄마가 일을 해야 했기 때문에 데려다 놓고 가서 나와 같이 있은 시간이 많았다. 하지만 친할머니와 사촌 누나들을 아주 좋아해서, 아무 때나 데리러 오면 즐겁게 따라가서는 한두 밤 자고 오곤 했기 때문에, 사정을 설명하면 별 이의가 없을 줄 알았는데 왜 느닷없이 그런 고집을 부리는지 이해할 수 없었다. 빈 집에 아줌마하고만 있어도 무방하니 흑석동에는 가지 않겠다고 우기는 아이의 태도에는 너무나 절박한 그 무엇이 서려 있었다. 결국 어른들이 지고 말았다. 그 나이에 엄마 곁을 몇달씩 떠나 있어야 한다는 것만 해도 감당하기 어려운 충격일 텐데, 아무리 어린 생명이지만 자기가 있고 싶은 곳에 있을 권리는 일단 인정해 주어야 옳지 않을까 하는 생각에서 어른들이 양보한 것이다.

나는 나대로 빈사의 환자와 아이 사이에서 살이 바짝바짝 말라가고, 저는 저대로 종일 심심하고 외로운, 힘든 나날들이 이어져 갔다. 그런데 문제는 거기에서 끝나지 않았다. 주말에는 자기집에 가기로 약속했는데, 아이가 주말이 되어도 안 가겠다고 떼를 쓰는 것이다. 친할머니가 데리러 오시니까 아주 반가워하면서, 이제 할

맘마 민아

머니가 왔으니 여기서 자기와 같이 살면 된다는 것이 그 애의 주장이었다.

중간에서 나만 난처해졌다. 날마다 누나들을 찾으면서 도대체 왜 이러는 거냐고 내가 좀 화를 냈더니, 그제야 아이는 고개를 떨구고 작은 소리로 "머드(진흙)가 있어서 못 가는 거야." 그런다. 사돈마님과 나는 아연해져서 한참 말을 잊었다. 사돈댁은 경치가 아주 좋은 단풍나무 숲속에 있다. 그래서 포장되지 않은 길을 좀 걸어가야 된다. 작년에 훈우가 2년 만에 귀국하던 날, 공교롭게도 폭우가 쏟아져서 그 길이 흙탕에 뒤덮여 있었던 것이다.

지난 3년간 훈우가 산 곳은 샌프란시스코의 도심 한복판이다. 20여 층의 맥알리스터 타워가 엄마의 기숙사였기 때문에, 일부러 공원에 가지 않으면 풀조차 구경할 수 없는 환경에서 그 애는 자란 것이다. 그동안 훈우는 어쩌면 아스팔트가 되어 있지 않은 길은 본 일조차 없는 것이 아닐까? 어쨌든 질퍽한 흙탕길에 대한 그 애의 공포증은 절박하고도 심각해서 손을 댈 여지가 없어 보였다. 할 수 없이 그 댁 식구들이 아이를 보러 오셔야 하는 복잡한 사태가 벌어지고 말았다.

하지만 어른들이 힘이 드는 건 그다지 큰 문제가 아니다. 문제는 아이가 흙을 무서워한다는 사실에 있었다. 대지와 완전히 유리된 아스팔트 베이비를 앞에 놓고 사돈댁과 나는 암담한 심정이 되어 버렸다. 그러던 어느 날 그 애가 무서워하는 것이 흙 전부가 아니라는 걸 알 기회가 왔다. 아이를 데리고 일부러 우리 동네의 나대지를 찾아가서 여기도 흙이 있는데 왜 흑석동 흙만 무서워하느냐고 물어 보았다. 아이는 아주 분명한 어조로 "하지만 이건 샌디(모래질)하잖아"라고 대답한 것이다. 우리 동네는 왕모래당이라 정말 그 애의 말대로 '샌디Sandy'하다. 그러고 보니 훈우가 살다 온 캘리포니아는 사막지대라는 게 생각났다. 대지가 물기 없이 메말라 있는 곳, 강물이 없는 건조한 모래땅……. 그제서야 나는 비로소 황토흙이 물렁물렁하게 곤죽이 되어 있는 흙탕길을 생전 처음 보았을 때, 그 어린 생명의 내부에 일어났을 공포와 불안의 깊이를 가늠할 수 있을 것 같았다.

진흙탕만 무서워하는 거라면 문제는 간단하다. 그 후 오랫동안 가물었으니 숲속의 흙탕길도 보송보송하게 말라 있을 것이기 때문이다. 그래서 자동차로 태워다 주고, 차에서 집안까지 안아다 줄 테니까 네 눈으로 그 길에 진흙이 없는 걸 확인하라고 설득해서 우리는 그 애를 숲속의 집으로 데려가는 데 성공했고, 머지않아 숲속의 공터에서 배드민턴을 치면서 즐겁게 뛰노는 훈우의 모습을 볼 수 있었다.

하지만 비만 오면 다시 곤죽이 되는 걸죽한 대지의 맨살에 대한 아이의 공포심이 아주 없어져 버린 것은 아니었다. 우리 집에서 종

맘마 민아

일 도우미 아줌마하고 시간을 보내는 동안에 그 애는 쑥이라는 풀이 있다는 것, 그건 먹어도 되는 풀이라는 것을 배웠다. 하지만 거기에는 조건이 붙어 있었다. 잔디밭이나 시멘트 틈바귀에서 돋아난 풀만 먹을 수 있다는 자기류의 이론이 그것이다. "시커먼 흙속에서 나온 풀은 있지…… 사람이 먹으믄…… 응…… 죽어!" 가뜩이나 큰 눈을 있는 대로 벌려 뜨고 그런 말을 하는 그 얼굴에는 이름 모를 두려움이 아직도 서려 있어, 당장에는 차마 그것을 부정하는 발언을 할 엄두가 나지 않았다.

그러던 어느 날, 드디어 그 애가 검붉은 흙의 위력을 깨우칠 기회가 왔다. 다시 흑석동에 가 있는 며칠 동안에 뒤란에 있는 채마밭에서 훈우는 호박, 가지 등이 무럭무럭 자라는 것을 목격하게 된 것이다. 호박이 크는 걸 보고 싶어 하루만 더 있다가 오겠다고 저녁때 전화를 걸더니, 다음 날 아침 훈우는 어떤 과일보다도 더 아름다운 연둣빛 애호박을 한아름 안고 개선장군처럼 어깨를 으쓱거리며 돌아왔다. 깨끗해 보이는 모래흙보다는 더러워 보이는 검붉은 흙 속에 더 풍요로운 생명력이 감추어져 있다는 것, 검붉은 흙은 비를 맞으면 흙탕이 되지만, 해가 나면 곧 말라 버린다는 사실을 터득함으로써 아이는 진흙 공포증에서 해방된 것이다.

지금 훈우는 다시 그 메마른 캘리포니아의 사막지대로 돌아가 있다. 아침부터 저녁까지 유아원에 묶여 사는 생활로 돌아간 것이다. 요즈음 나는 그 애가 다시는 진흙탕이 무서워 사랑하는 사람들을 만나러 가지 못하는 진흙 공포증 환자가 되지 않도록 하기 위하여, 주변의 어른들이 각별히 유념하여 주기를 날마다 기원하고 있다. 대지와의 유리는 삶의 본질과의 결별을 의미하기 때문이다.

1987년

노인과 아이

시골에 계시는 우리 아버님은 금년에 연세가 아흔둘이시다. 그런데 최근에 설악산과 석굴암에 다녀오셨다. 그뿐 아니라 아직도 당신의 양말을 손수 빠시며, 방과 마당을 청소하시고, 또 예쁜 새들도 기르신다. 그 부지런함과 심미적 생활이 아마도 그 어른의 장수의 비결이 되는 것이 아닐까 싶다. 하지만 그보다도 더 중요한 것은 하루에 두 번씩만 식사를 하시는 일인 것 같다. 절식의 결과로 날씬하시니까 다리가 몸을 지탱하는데 부담이 없어서, 아직도 산에 오르는 일이 가능한 것이다.

어쨌든 아버님은 하루 2식 주의시니까 나는 늘 영양실조에 걸리실까봐 찾아뵐 때에는 분유, 캐러멜, 사탕 같은 것을 가지고 간다.

금년에 우리 집에 외손자가 와 있었는데, 그 아이의 눈에 그 일이 불가사의하게 비쳤던 모양이다. 세 번째로 아버님댁에 함께 갔을 때, 비락우유를 여러 통 꺼내 놓는 걸 보던 아이가 나를 구석으로 끌고 가더니 왜 노老할아버지는 아기들이 먹는 음식만 좋아하느냐고 물었다.

그 말을 듣고 보니 올봄에 돌아가신 친정아버지도 우리 집에 오실 때마다 과자를 가져가시던 게 생각났다. 명절 때마다 동양제과에서 과자를 한 상자씩 보내 주시는데, 우리 아이들은 이미 커서 과자를 먹지 않으니까, 그 과자는 거의 다 할아버지들 차지였다. 천식증이 있으신 친정아버지는 늘 단 것을 물고 계셔야 했는데, 그 중에서 특히 좋아하는 것이 캐러멜이었다. 그래서 이번 추석에 캐러멜 상자를 앞에 놓고 흐느껴 울었다. 과자를 보고 그 부재不在가 가슴을 저미는 점에서 노인과 아이는 닮았다.

기호식품만 같은 것이 아니다. '늙으면 어린애가 된다'라는 말 그대로 노인과 어린아이 사이에는 그밖에도 비슷한 점이 아주 많다. 우선 외양부터가 그렇다. 신생아와 노인은 여러모로 비슷하다. 하얀 긴 옷을 입고, 노란 머리털이 듬성듬성 난 아기가 찡그리고 우는 모습은 노인과 흡사하다. 어디 외양뿐이겠는가? 사람들은 늙으면 아기처럼 기저귀를 차야 하며, 이가 없어지고 보행도 어려워지는데, 자꾸 밖에 나가고 싶어하는 점에서도 어린아이들과 비슷

하다. 그래서 노망난 노인이 있는 집에서는 마루에 쇠창살을 새로
해 달거나 길을 잃을까봐 속옷에 주소 성명을 수놓아 드려야 한다.
모두 아이들에게 해 주는 것들이다.

출생과 사망의 과정에는 그밖에도 유사성이 많다. 발가벗고 태
어나 타인의 보살핌을 받아야 사람이 되는 것처럼, 숨이 넘어갈 때
에도 타인의 손에 씻기워 벗은 몸으로 수의 속에 들어가야 저승에
갈 수 있다. 누렇고 끈적끈적한 모래집물과 배설물을 뒤집어쓰고
태어나듯이, 배설물과 욕창에 뒤덮여 사람은 세상을 떠난다. 갓난
아기처럼 종일 잠자는 그 달고 긴 잠은 또 얼마나 많이 자야 목숨
이 끊어지는가?

하지만 아기와 노인의 잠 사이에는 너무나 엄청난 격차가 있다.
누에처럼 한참 잘 때마다 뺏물을 벗는 아기의 잠은 시시각각 성장
을 향하여 발돋움하는 그 황홀한 생성의 역정 위에 놓여 있다. 한
모금 젖이 그대로 생명으로 전환되고, 하룻밤 하룻낮이 모두 재롱
으로 열매 맺는……. 어린애의 세계는 원광을 두른 천사들의 고장
이다. 어느 가난이, 어느 미움이 감히 그 지복至福의 자리를 건드릴
수 있겠는가.

그런데 한 생명이 소멸되어 가는 과정은 어째서 그다지도 끔찍
한가? 노인이 되면 모든 아름다운 부분이 몸에서 사라져 간다. 한
잠 자고 나면 한 모서리가 허술해진다. 날밤이 바뀌는 서슬에 놀라

인간다운 품위를 살리면서 살아가는 일은 가능할지 모르지만,

인간답게 죽는 일은 불가능하다.

어느 누구도 점잖을 빼며 우아하게 태어날 수는 없으며,

어느 누구도 거룩하고 엄숙하게 죽을 수는 없다.

훈우 이야기

손아귀에 든 모래처럼 목숨이 솔솔 줄어드는……. 노인의 마지막
엔 어둠밖에 없다. 어떤 부富도, 어떤 사랑도 의지가 될 수 없는 그
심연을 향하여 우리는 추락해 가는 것이다.

나는 이 봄에 아버지를 위하여 기저귀를 마련했고, 아버지를 위
하여 관을 주문하면서, 온갖 꽃들이 미친 듯이 피어나는 계절을 보
냈다. 물체처럼 들것에 실려 검사실과 방사선실에 끌려 다니시면
서도, 알몸이 노출될까봐 마지막 있는 힘을 다 모아 덮개를 끌어
올리는 인간의 떨리는 손을 보았고, 기저귀를 차는 것이 망신스러
워 주림을 견디면서 음식을 거부하던 악문 입술을 보기도 했다. 하
지만 의식이 없어지자 떠 넣는 음식은 모두 기계적으로 삼켜 버리
는, 오욕의 시간들이 계속되었다. 욕창과 배설물에 덮여 숨을 거두
기 위해 그런 끔찍한 순서가 마련되어 있었던 것이다.

인간다운 품위를 살리면서 살아가는 일은 가능할지 모르지만, 인
간답게 죽는 일은 불가능하다는 것을 그 경험을 통하여 나는 터득
하였다. 어느 누구도 점잔을 빼며 우아하게 태어날 수는 없으며, 어
느 누구도 거룩하고 엄숙하게 죽을 수는 없다. 대소변을 못가릴 지
경이 되면 자살하겠다는 근사한 꿈 같은 걸 가질 생각은 일찌감치
접어 버리는 것이 좋다. 대부분의 죽음의 징후는 불청객처럼 느닷
없이 나타나며, 그 다음에는 혼수 상태와 연결되는 일이 많기 때문
이다. 그러니 타인에게 폐를 끼치지 않는 죽음 같은 건 있을 수 없

맘마 민아

다. 과자를 먹으면서 노인들이 다다르는 지점은······. 그런 곳이다. 그건 우리 모두의 종착역이기도 하다. 메멘토 모리.* 1987년

이중 언어의 마력

미국에서 나서 자랐는데도 훈우는 한국말을 잘한다. 하지만 처음부터 잘한 것은 아니다. 다섯 살 때 우리 부부가 미국에 갔더니 자기가 아는 사람에게 우리를 소개하는데 "얘는 내 그랜파고 얘는 그랜마야" 해서 어른들을 웃긴 일도 있었고, 일곱 살 때는 나보고 "나는 니가 말 안 들어 속상해 죽겠다"라고 한 일도 있다. "삼촌이"라고 해야 할 경우에 "삼촌가" 한다든지 위태로운 것을 "말랑말랑하다"라고 한다든지 하는 일도 가끔 있었다. 하지만 지금은 그런 잘못을 거의 모두 고쳤고, 발음도 정확하게 한국말을 곧잘 한다.

그런데 이번 여름에 가서 보고 나는 그 애가 한국말을 쓸 때와 영어를 쓸 때 하는 짓이 아주 다르다는 것을 발견했다. 어린아이고 어른이고 간에 상대가 영어밖에 못하는 사람과 이야기할 때, 그 애는 아주 어른스럽고 이성적인 태도를 취한다. 참을 것은 참고 요구

---

* Memento Mori : '죽음을 기억하라'는 라틴어 어구다.

할 것은 요구하며, 자신 있게 모든 일을 잘 처리하는 것이다. 내가 미국에 있을 때 그 애는 일주일 예정으로 먼 곳에 캠핑을 가게 된 일이 있다. 떠나기 전날 자기 혼자서 짐을 꾸리는데, 훈련된 솜씨로 물건들을 챙겨 넣는 품이 열 살짜리라는 것을 믿기 어려울 정도로 치밀하고 정확했다.

가지가지 모색의 낯선 아이들과 길을 떠날 때도 그 애는 아주 의젓했다. 아는 아이가 있나 두리번거리거나 쭈뼛거리는 법이 없이, 기다리라면 기다리고, 타라면 타는 일들을 불평 없이 잘 하더니, 버스에 타자마자 옆의 아이들과 열변을 토하느라고 우리 쪽은 잘 쳐다보지도 않았다. "어느새 니가 다 컸구나" 하고 나는 좀 섭섭하면서도 대견하고 흐뭇했다.

그런데 한국말을 할 상대를 만나면 딴 애처럼 된다. 우선 떼를 잘 쓴다. 여럿이 움직이려면 불편한 일이 많기 마련인데, 그럴 때 이 아이는 참지 않는다. 자동차 속에서 자리가 좁다고 투정을 부리기도 하고, 자기가 싫은 곳에 가게 되면 안 가겠다고 떼를 쓰기도 하며, 쓸데없는 물건을 사겠다고 우기기도 한다. 그래서 언니들과 내가 그 애를 데리고 여행을 하려면 아주 힘이 든다. 말을 잘 듣지 않기 때문이다. 한번은 아들 내외와 같이 여행을 하는데, 새로 온 숙모를 좋아한 아이가 자꾸 그 젊은 부부와 같이 자겠다고 떼를 써서 혼난 일이 있고, 밤중에 연을 사달래서는 자지 않고 만들더니,

새벽에 연날리기가 급해서 화장실에 가는 것을 잊어버려, 바지에 실례를 한 일도 있다. 한국말을 하는 사람들 옆에 있으면 왜 그렇게 갑자기 매너가 나빠지고 유치해지는 것일까?

그 이유를 곰곰이 생각해 보니 한국말은 그가 갓난아기 때 외가에서 배운 것이다. 할머니가 기른 아이답게 그 애는 해 달라는 것은 모두 해 받으며 응석받이로 자라났다. 도우미 아줌마가 있고, 삼촌이 둘이나 있는 데다가 요술지팡이처럼 원하는 것은 다 대령하는 할아버지가 계시니, 그 애는 마치 절대적인 권력을 가진 제왕처럼 자신을 특별한 인간으로 생각했을 가능성이 많다. 우리 집에서만 그런 것이 아니다. 친가는 친가대로 그 애를 칙사대접을 했다. 훈우는 그 집의 첫 손자였고, 부모를 떠나 외가에서 자라는 안쓰러움도 겹쳐서, 사촌 누나들까지 항상 특별대우를 해 준 것이다.

미국에서도 한국말을 쓰는 대상은 그 연장선상에 서 있는 사람들이다. 엄마와 이모할머니들이 그 범주에 들어가기 때문이다. 그래서 한국말은 그 애에게 있어 자기를 특별한 인간으로 생각하는 사람들의 사적私的 언어다. 억지와 떼를 들어 줄 가능성이 있는 사람들의 언어인 것이다.

영어는 그렇지 않다. 그것은 유아원에서 배운 언어이기 때문이다. 거기에 가면 그 애는 많은 아이들 중의 하나에 불과하다. 그래서 그는 남들이 참는 것은 자기도 참아야 한다는 것을 일찍부터 터득했고, 거기에 있는 모든 물건은 다른 아이들과 공유해야 한다는 것도 배웠으며, 남들이 자는 시간에는 잠이 안 오더라도 움직이거나 소리를 내서는 안 된다는 것 등 시민사회의 기본 율법을 강요당했다. 그 규범들은 엄격하게 지켜져서, 그것을 어길 때 어김없이 벌을 받아야 한다는 것도 유아 때부터 배운 항목 중의 하나다. 그 속에서 커 오는 동안에 아이는 자율성과 책임감, 공공질서의 중요성과 타인의 프라이버시의 귀중함 등을 몸으로 익혀서 의젓하고 어른스러워진 것이다.

한국에서 자라는 아이들도 거의 모두 그 애와 비슷한 과정을 통하여 사회성을 익혀 간다. 집안의 특별한 아이에서, 집단 속의 평범한 한 아이로 성장해 가는 동안에, 자기 나름대로 힘겨운 적응의 과정을 경험하면서 어른으로 만들어져 가는 것이다. 다른 것이 있다면 훈우처럼 언어의 이분화 현상이 일어나지 않는 것뿐이다.

훈우에게 있어 한국말이 가족끼리의 언어였다면, 영어는 사회성을 띤 공용어라고 할 수 있다. 그래서 한국말을 쓸 때에는 응석도 부리고, 떼도 쓰게 된다. 소도 비빌 언덕이 있어야 머리를 비빈다는 속담처럼, 집에서는 특별한 인간이었기 때문에, 무리한 요구를 할 수 있었던 것이다. 영어권에는 그런 언덕이 애초부터 없었다. 그 애는 백인들과 흑인들이 모여 사는 사회에서, 중간색을 가진 어정쩡한 소수 그룹에 속하며, 가진 것도 별로 없는 가난한 유

맘마 민아

학생의 아이였기 때문에, 항상 불리한 입장에 서 있었다고 할 수 있다. 그 불리함을 극복하여 칭찬받는 아이가 되기 위해서는, 남보다 더 열심히 그들의 율법을 준수해야 했고, 그래서 그 애는 남보다 일찍 어른스러워졌다고 볼 수 있다. 그 반작용으로 한국말을 쓸 때는 유아기의 관습을 그대로 유지하고 싶은 경향이 나타나는 것이 아닐까?

그렇게 생각하니 갑자기 그 애가 불쌍해졌다. 자기가 모르는 언어로 떠들어대는 낯선 아이들 사이에서, 낯선 율법에 의해 영위되는 새 생활을 시작하면서, 저 작은 생명은 얼마나 많은 어려움을 혼자 감당하며 오늘에 왔을까? 그런 혼란을 겪게 하지 않으려고 많은 교포 부모들이 아이들에게 한국말을 아예 가르치지 않는 극약처방을 쓰는 것도 이해가 갔다.

하지만 저 애가 어른이 되어, 또 하나의 언어를 저만큼 자유롭게 쓰기 위해서는, 그보다 몇배의 대가를 치러야 한다. 그뿐 아니다. 두 개의 언어를 안다는 것은 두 개의 세계를 안다는 것을 의미한다. 가치관이 다른 두 개의 세계를 유아기부터 알고 자란다는 것은 한 인간의 인격 형성에 엄청난 도움을 주는 일이라고 생각한다.

더구나 한국말은 그 애의 모국어다. 힘들고 버겁더라도 꼭 알고 있어야 할, 자기 나라의 말인 것이다. 그래서 나는 훈우가 한국말을 잘하는 것이 아주 대견하다. 앞으로 점점 가족과의 접촉이 줄어들고, 영어를 쓰는 친구들과의 사귐의 비중이 커질 수밖에 없는 그 교포 아이의 성장 여건 속에서, 저 아이가 계속 한국말을 잊지 말아 주기를 기원하며, 2년 만에 만난 할머니에게 떼를 좀 쓰는 것은 눈감아 주기로 한다. 그래서 나는 지금 땡볕 아래에서 베이비 골프장에 서 있다. 나인 홀을 도는 그 애의 캐디가 되어 종이에 점수를 적으며, 아이의 뒤를 따라다니고 있는 것이다.

1991년

맘마 민아

아기 때의 훈우, 민아, 남동생. 1983년 1월

훈우 이야기

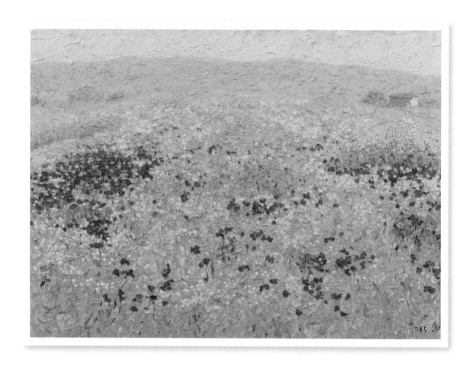

어른이라는 이유 하나로 자신의 상식적인 기준을

모든 아이에게 강요하는 것은 일종의 횡포다.

…… 그런 바보 같은 짓을 내 아이들과 제자들에게도

한 일이 없었다고 장담할 수 있을까?

사람이 늙는다는 것은 사고의 유연성을 상실하는 것을 의미하는 것이 아닐까?

맘마 민아

　나는 기계를 두려워하는 경향이 있다. 기계의 그 어김없는 합리
성이 철저하지 못한 성격에 맞지 않는 모양이다. 그래서 나는 세
탁기나 텔레비전도 잘 만지지 못한다. 세탁기가 말을 듣지 않거나,
텔레비전의 상태가 고르지 않으면, 고치는 대신에 꺼버리고, 손으
로 빨래를 하거나 안 보고 마니까, 기계를 만지지 못한다고 해서
불편할 것도 별로 없다. 그래서 남편이나 아들이 집에 없을 때에는
아주 기계를 외면하면서 산다.

　그런 나를 기준으로 해서 남을 평가하니 주변 사람들은 불편할
때가 많겠지만, 그중에서도 가장 큰 피해를 입은 사람은 훈우다.
그 애는 나와 반대로 기계에 관한 한 도사다. 기계를 만지는 능력
으로 보면 그 애는 나보다 어른이다. 하지만 내가 그 사실을 인정
하기까지 10년이라는 세월이 흘렀고, 그동안 훈우는 나한테서 여
러 번 억울한 일을 당했다.

　그 애 엄마는 육아법이 좀 특수해서, 아이가 어릴 때부터 원하
는 기계의 조작법을 가르치며 길렀다. 그리고는 아이가 조작법을
익혔다 싶으면 그 기계를 마음대로 만지게 내버려 둔다. 그래서 이
아이는 다섯 살 때부터 세탁기 조작법을 알고 있었고, 가스레인지
를 주무르기 시작한 것은 일곱 살 때의 일이라 한다. 그런데 나는

그 사실을 최근까지 모르고 있었다. 늘 같이 있는 것도 아니니 그런 이야기를 할 충분한 시간도 없어서, 그 애의 능력을 잘 몰랐던 것이다. 그저 상식적인 선에서 그 또래의 아이 대접을 하여 기계를 못 만지게 하는데, 이 아이는 그것이 아주 불만이다. 그래서 훈우와 나 사이에는 언제나 기계 때문에 실랑이가 생긴다.

제일 처음으로 그런 마찰이 일어난 것은 그가 다섯 살 때의 일이다. 기숙사 지하실에 있는 코인 라운드리로 둘이 세탁하러 갔는데, 웬일인지 돈을 넣었는데도 기계가 움직이지 않았다. 기계 공포증이 있는 내가 포기하고 도로 나오려고 하는 순간에, 아이가 어디에선가 의자를 끌어다가 세탁기 위로 벌벌 기어오르기 시작했다. 질겁을 해서 내가 비명을 지르는 동안에 아이는 벌써 그중의 어느 버튼을 누르고 말았고, 기계가 망가졌을까봐 당황한 나는 그 애의 머리에 꿀밤을 먹였다. 기계는 작동하기 시작했는데, 아이의 울음소리가 기계음과 섞이면서 엄청난 소음을 내서 나를 불안하게 만들었다. 그때 훈우가 울면서 한 말이 "할머니는 바보야! 훈우는 할주 안단 말이야!"라는 것이었다.

그 다음에 또 그 애가 같은 말을 한 것은 가스레인지 앞에서였다. 일찍 자고 일찍 깨는 버릇이 있는 훈우는 새벽에 일어나면 엄마를 깨우지 않도록 훈련되어 있다. 혼자 부엌에 가서 우유 같은 것을 꺼내 마시고, 제 방에서 텔레비전을 보면서 노는 것이다. 그

날 나는 2년 만에 만난 아이를 위해 계란이라도 부쳐 주려고 부엌에 나갔다가 그 애가 혼자서 가스레인지에 무언가를 요리하는 것을 보았다.

일곱 살짜리가 부엌의 기계들을 마구 주무르고 설쳐 대니까 나는 또 불안해졌다. 그래서 질겁을 하고 말렸다가 또 "할머니는 바보!"라는 소리를 들었다. 제 말대로 그 애는 가스레인지를 조작할 수 있었을 뿐 아니라, 자기가 원하는 음식의 요리법까지 정확하게 터득하고 있었다.

세 번째는 그가 한국에 왔을 때의 일이다. 같이 외출하려고 밖에 나왔는데, 키를 꽂았는데도 차의 핸들이 움직이지 않았다. 그때 아이가 얼른 차에 오르더니 핸들을 아래위로 흔들기 시작했다. 내 상식으로는 또 꿀밤을 먹을 짓을 한 것이다. 그런데 핸들이 스르르 풀려 운전할 수 있게 됐다. 엄마 차가 그런 경우를 당한 일이 있는데, 지나가던 아저씨가 그렇게 하여 고쳐 주더라면서, 아이는 신이나서 그때 들은 원인설명까지 정확하게 해 대니 꿀밤을 먹이려던 손이 무색할 수밖에 없었다.

그런 일이 되풀이되었는데도 사람의 고정관념은 무서워서, 오랜만에 만나면 또 같은 실수를 하게 된다. 그래서 이번 여름에도 비슷한 실랑이가 벌어졌다. 유니버설 스튜디오에 갔는데, 아이가 이번에는 사진을 자기가 찍겠다고 나섰기 때문이다. 내가 단호하게 거절했더니 아이의 얼굴이 단박에 구겨졌다. 저의 집 사진을 자기가 찍은 일이 한두 번이 아니라면서 억울하다고 울먹이는 것이다.

같이 간 큰아들이 얼른 일회용 카메라를 사 주었는데도 아이의 불만은 사라지지 않았다. 꼭 진짜 카메라로 사진을 찍고 싶다는 것이다. 단체 여행도 아닌데 잘못 나온들 어떠랴 싶어 카메라를 맡겨 버리는 것으로 그날은 "할머니는 바보야!" 소리를 겨우 모면했다. 그런데 사진을 빼 보니 예상 외로 잘 나와 있어 놀랐다. 적어도 내가 찍은 것보다는 훨씬 구도가 잘 잡혀 있었다. 그날 밤 모처럼 딸과 단둘이 있을 기회가 생겼길래 그 이야기를 했더니 민아는 웃으면서 훈우가 사진을 잘 찍으니 걱정하지 않아도 된다는 말을 했다. 그러면서 비로소 자신의 교육방법을 이야기해 주었다. 일단 할 수 있다는 믿음만 생기면, 어떤 일이라도 하게 내버려 두는 것이 자신의 방침이라는 것이다.

그러고 보니 그동안 내가 훈우에게 참 큰 잘못을 저질렀다는 생각이 들었다. 엄마는 인정해 주는 능력을 할머니는 인정해 주지 않았으니, 그 애는 얼마나 억울했겠는가. 어른이라는 이유 하나로 자신의 상식적인 기준을 모든 아이에게 강요하는 것은 일종의 횡포다. 인간의 능력은 개인에 따라 천차만별로 나타나며, 또 항목에 따라 얼마든지 다르게 나타날 수 있음을 알고 있었으면서, 가장 가까운 곳에 있는 훈우의 능력을 제대로 평가하지 못했다는 것은, 그 애 말대로 바보 같은 짓이다. 그런 바보 같은 짓을 내 아이들과 제자들에게도 한 일이 없었다고 장담할 수 있을까? 사람이 늙는다는 것은 사고의 유연성을 상실하는 것을 의미하는 것이 아닐까?

자기는 이제 너무 커서 할머니에게 볼기를 만지게 할 나이는 아니지만, 마지막 밤이니 특별히 만지게 해 주겠다고 생색을 내고는, 궁둥이를 내쪽으로 쑥 내민 채 잠이 든 아이를 보면서, 나는 사죄하는 마음으로 그 애의 등을 오래오래 쓰다듬어 주었다. 그리고 나 같은 바보 할머니가 세상에 많지 않기를 속으로 기원했다. 1991년

칼의 주술성呪術性

막내가 초등학교 2학년 때인 1974년에 우리는 평창동으로 이사를 왔다. 주위가 텅 빈 곳에 있는 외딴집이었다. 외등이 달려 있지 않아서 밤이면 동네 전체가 캄캄한 어둠에 휩싸였다. 원시시대를 방불하게 하는 속수무책의 어둠이었다. 아이들이 그 어둠 속을 혼자 걸어서 과외를 받으러 다녀야 하니 문제가 컸다. 아홉 살짜리 막내는 차마 혼자 내 놓을 수 없어 과외활동을 전혀 시킬 수 없으니 그것도 역시 난감했다.

건넛마을에 친지의 집이 한 채 있었는데, 그 댁 따님이 피아노 전공이라는 말을 친구에게서 얻어 들었다. 나는 신이 나서 밤길이 무섭다고 마다하는 아이를 달래서 그 댁에서 피아노를 배우게 했다. 떠날 때 전화를 하면, 내가 마중나가 중간에서 만나 같이 돌아오기로 한 것이다. 그러던 어느 날 아이에게 혼자 올 때 무섭지 않더냐고 물은 일이 있다. 그런데 뜻밖에도 "이게 있어서 참을만해요." 하면서 주머니에서 작은 접는 칼을 내보여 주었다.

'애기부처'라는 별명을 가진 조용하고 어진 아이인데, 그 애가 칼을 구해 가지고 다닌다는 게 너무 싫었다. 우선 목적이 궁금해서 "그걸로 무얼하게?" 하고 물었다. "무서울 때 주머니에 손을 넣으면, 손끝에 닿는 칼집의 감각이 왠지 마음을 든든하게 해서 무서움이 한결 가라앉아요"라는 대답이 왔다.

칼집의 감촉이 무서움을 몰아낸다는 말에 나는 놀라서 말을 잊고 있는데, 한참 잠자코 있던 아이가 심란한 듯이 고개를 흔들면서 "그거로는 안 통하는 게 있어 문제죠." 했다. 그게 대체 뭐냐고 다그쳐 물으니까 '귀신'이란다. 짐승과 사람처럼 가시적인 존재에 대한 두려움은 칼의 주술로 진정시킬 수 있는데, 밤기운을 타고 출몰한다는 형체가 없는 귀신에 대한 무서움은 그보다 훨씬 더 커서, 칼의 주술이 도움이 되지 않는다는 것을 고백한 것이다. 그리하여 막내의 피아노 레슨은 그날로 끝이 났다.

맘마 민아

10여 년이 지난 후에 칼의 주술성에 대한 아이들의 믿음을 입증하는 또 하나의 사건을 로스앤젤레스에서 겪었다. 그때 딸네는 할리우드에서 살고 있었다. 'HOLLYWOOD'라는 대형문자가 우측으로 보이는 산 위에 집이 있었는데, 그 동네를 경계로 하여 뒤에는 높은 산이 겹겹이 둘러 서 있고, 산과 마을 사이에는 철조망이 쳐져 있었다.

　어느 날 초등학교 1학년인 외손자가 놀러 온 언니들과 나를 보고 산보를 가자고 조르더니, 따라나서니까 이번에는 자꾸 철조망 너머의 산길로 가자고 유혹했다. 그 길이 지름길이어서 자기는 친구들과 자주 다닌다는 둥, 자동차가 안 다니니 산보하기에 좋다는 둥 여러 가지 이유를 대면서 하도 집요하게 권하기에, 우리는 별생각없이 철망이 내려 앉은 부분을 통해 산길로 들어섰다. 시든 풀이 듬성듬성 나 있을 뿐 나무도 없는 캘리포니아의 삭막한 민둥산이어서, 예쁘지는 않지만 걷기에 불편할 것은 없었다. 한참을 걸어 산 아래로 내려 갈 무렵에야 우리는 '철망을 친 건 다니지 말라는 뜻이겠다'라는 깨달음이 와서, 아스팔트길로 돌아와 산책을 계속했다.

　그런데 집에 와서 겉옷을 벗는 손자의 주머니에서, 옛날에 막내에게서 본 것과 비슷한 작은 칼이 떨어졌다. 그 애가 일부러 칼을 찾아 넣고 나갔다는 건 두려움 때문이겠는데, 왜 굳이 거기 들어가

자고 했는지 이유를 알 수 없어서 민아에게 물어보았다. 얼마 전에 그 산에 들어 갔던 초등학생이 행방불명이 된 사건이 있었다고 민아가 알려 주었다. 코요테가 물어 갔을 거라는 추측만 남았을 뿐 끝내 시신도 찾지 못해서, 학교에서 거기가면 안 된다고 강조하고 있다는 것이다.

아이는 강렬한 캘리포니아의 햇빛 아래 평온하게 펼쳐져 있는 그 넓은 민둥산에, 끔찍한 사연이 담겨 있는 그 불가사의한 금단의 땅에, 꼭 한 번 들어가 보고 싶었던 것이다. 그래서 혼자 가는 건 엄두가 안 나니까 만만한 할머니들을 꼬신 모양이다. 하지만 환한 대낮이고, 어른이 넷이나 붙어 있는데도, 산에 대한 두려움은 가시지 않아서, 남몰래 자기가 마련할 수 있는 최대의 무기를 주머니에 집어넣은 모양이다. 씩씩한 체하며 우리를 선도하면서 속으로는 무섭고 불안해서, 옛날에 제 외삼촌이 그랬던 것처럼 이따금 손끝에 닿는 칼집의 감촉으로 내면의 두려움을 달래고 있었을 손자 아이……. 칼의 주술성에 대한 믿음은 아이들에게는 보편적인 것인 모양이다.

우리 집 안방에는 애들 큰아버지가 그려 주신 12간지 병풍이 소파 뒤에 둘러쳐져 있다. 요즘 한창 칼놀이에 재미를 붙이기 시작한 네 살짜리 작은 손자가 어느 날 그 방에서 혼자 즐겁게 놀고 있었다. 무얼 하는가 하고 살짝 들여다 보았더니 아이는 소파등을 타고

나는 육상궁 근처에만 오면 우는 버릇이 생겼다. 훈우 때문에 울기 시작했는데,

4년 후에 민아까지 따라가서, 육상궁 앞 회나무를 보면서 우는 세월이 계속되었다.

내가 울면 훈우와 민아가 손을 잡고 같이 나타난다.

못 잊어서 훈우가 엄마를 불러 간 것일까?

못 잊어서 엄마가 아들 뒤를 따라간 것일까?

훈우 이야기

이동하면서 병풍의 그림을 한 폭 한 폭 음미하고 있었는데, 매번 "칼이다! 칼이다!" 하면서 탄성을 올렸다.

"봐요 할머니, 짐승들이 모두 칼을 들고 있어요."

별난 그림 감상법도 있다 싶어서 웃으면서 들여다 보니, 아이의 말대로 열두 짐승이 모두 칼이나 삼지창을 들고 있었다. 당신네 형제들의 띠 짐승은 특별히 크게 그린 재미있는 구도의 그 12간지도에서, 큰 짐승에게는 큰 칼이, 작은 짐승에게는 작은 칼이 들려져 있는 차이가 있을 뿐, 정말로 칼이 없는 짐승은 하나도 없었다. 칼을 듦으로써 별 힘이 없는 원숭이나 개 같은 짐승도, 인간을 보호할 수호신의 자격을 얻는다고 예전 사람들은 생각한 모양이다.

하지만 남편이 출장을 가서 혼자 자는 집이 무섭게 느껴지던 밤에, 나는 열두 짐승이 제가끔 칼을 들고 있는 방에서, 칼의 주술성의 무의미함을 절감했다. 막상 도둑이 들어온다면 그것들이 무슨 도움을 줄 수 있겠는가?

저 애들도 나처럼 될 것이다. 조금만 더 크면 그들도 곧 칼의 한계를 깨닫게 되고, 그러면 칼의 주술력에 대한 믿음은 힘을 잃을 것이다. 신출귀몰한다는 귀신은 예외로 친다 하더라도, 칼로는 컨트롤이 안 되는 너무나 많은 것들이 세상에 존재한다는 것을 깨닫

맘마 민아

지 않을 수 없을 것이기 때문이다. 인간에게 닥치는 재난은 죽으나 사나 자기 힘으로 감당할 수밖에 없다는 것을 깨달을 때, 아이는 별 수 없이 어른이 되는 것이리라.　　　　　　　　　　　2003년

해 질 녘의 그리움

　민아가 변호사 자격시험을 치기 위해 훈우를 두고 갔던 1987년의 일이다. 훈우는 나자마자 우리 집에 와서 1년간 살았고, 그 후에도 방학마다 엄마랑 같이 와서 지냈기 때문에, 그 아이에게 우리 집은 낯선 곳이 아니었다. 그래서 쉽게 남겠다고 승낙한 것 같은데, 닥쳐 보니 그게 아니었다. 엄마가 없이 혼자 있은 일이 없던 훈우는, 혹독한 그리움에 시달렸다.

　여섯 살이 된 그 애는 혼자서 잘 노는 편이어서, 처음 일주일은 문제가 없었다. 그런데 열흘이 가까워 오자 안정을 잃기 시작했다. 낮에는 그럭저럭 잘 지냈다. 그런데 해가 질 무렵이 가까워 오면 울거리를 열심히 찾아서 울기 시작하는 것이다. 훈우는 어렸을 때부터 말을 참을 줄 아는 아이었다. 한번은 친가에 갔다 오더니 그 집에 다시는 안 가겠다고 선언했다. 그런데 이유는 끝내 말하지 않았다.

바 시험때문에 엄마와 떨어져 있던 때의 훈우

맘마 민아

이번에도 훈우는 엄마 보고 싶다는 말을 절대로 입 밖에 내지 않았다. 그 대신 해가 질 무렵이 되면 생떼를 쓰며 울 핑계를 찾는다. 울지 않고는 견딜 수 없기 때문이다. 한번 울기 시작하면 끝이 안 난다. 하지만 철저하게 엄마 이야기를 하지 않는 것도 문제였다. 그리움이 안으로 쌓여서 폭발하는 것이다. 나날이 증세가 심해지자 내가 손을 들었다.

엄마가 정 못견디게 보고 싶으면 데려다 주겠다고 했더니, 아이가 왕! 하고 통곡을 시작했다. "엄마 보고 싶으면 그냥 보고 싶다고 해. 그 편이 덜 힘들어!" 했더니, 울음발이 더 세졌다. 뉘엿뉘엿 방 안에까지 어둠이 스며드는 시간에, 엄마가 그리워 몸부림치는 여섯 살짜리 아이를 보는 것은 못할 일이었다. 그 작은 몸이 그리움으로 오그라드는 것이 너무 애처로워 나도 같이 울었다.

조숙해서 말귀를 잘 알아듣는 아이니까 달력을 놓고 앉아 형편을 설명했다. 엄마는 적어도 두 달간은 공부를 해야 변호사가 되고, 변호사가 되어야 너를 공부도 시키고 장난감도 마음대로 사 줄 수 있게 된다는 것, 그건 꼭 해야 하는 일이기 때문에 중간에서 그만두면, 언젠가 다시 새로 시작할 수밖에 없다는 것, 그러면 지난날의 고통이 말짱 무효가 된다는 것 등을 설명한 후, 나는 훈우에게 달력의 이미 지나간 날짜에 붉은 크레파스로 빗금을 긋는 작업을 시켰다. 달력 한 장의 반 정도가 사라지는 것을 보더니, 아이가

법대 졸업하고 변호사가 된 민아. 1987년

검사가 되어 미국 검사들과 찍은 사진. 앞줄 왼쪽 끝이 민아. 1988년

맘마 민아

자신을 대견해하는 표정을 지었다. 그 김에 한 밤 잘 때마다 남은 날짜가 자꾸 줄어든다는 것을 알려 주면서, 며칠 더 견디어 보고 정 못 참겠으면 같이 가자고 약속했다.

그리고는 아이를 달래기 위해 장보기를 같이 하기로 결정했다. 그 무렵의 평창동에는 슈퍼마켓이 없어서 통인 시장까지 가야 했다. 오가는 시간이 꽤 걸린다. 나는 날마다 아이가 올 시간이 오기 전에, 장을 보러 떠난다. "같이 가서 도와줄래?" 하면서 꼬셔서 아이를 데리고 나서는 것이다. 식료품을 아이에게 고르게 하고, 잘했다고 칭찬을 해 준다. 그러면 어른이 된 기분이 드니까 아이는 신이 난다.

더 신이 나는 일은 그 시장에 장난감 가게가 있는 것이다. 아이가 가게 앞에 멈춰 선다. 못 이기는 척하고 장난감을 하나 사 준다. 그러면 아이는 새 장난감에 홀려서 한두 시간은 조용히 지낸다. 그러는 사이에 땅이 검어지는 우울한 시간은 지나가고, 엄마 다음으로 좋아하는 삼촌이 돌아오고, 할아버지도 오신다. 그러면 그리움은 잠시 아이의 의식 밑으로 밀려난다. 50리 밖에 있는 학교까지 운전해서 갔다 와서, 다시 효자동까지 가야 하니까 좀 고달팠지만, 아이의 슬픔을 잠재울 수 있다면 무슨 일이든 할 수 있을 것 같았다.

하지만 날마다 비싼 장난감을 사 주는 것은 교육상 좋지 않을 것 같은 생각이 들었다. 그래서 한도액을 정했다. 아마 2,000원이었던 것 같다. 그 돈을 매일 아이에게 주면서, 그 범위 안에서 원하는 것을 고르라고 말하고, 거스름돈은 벙어리저금통에 넣어 두었다가 엄마 올 때 선물을 사 주는게 어떻겠는가 물었다. 엄마를 위해 무얼 한다는 것이 즐겁고, 새로 장난감을 사는 것도 매혹적이어서, 아이는 내 말을 환영했다.

그때 배운 것이 있다. 아이들에게는 절대로 한꺼번에 많은 것을 사 주지 않아야 한다는 것이다. 하루에 하나면 족하고, 비싼 것이 아니어도 무방하다. 새로움이 매력 포인트이기 때문이다. 훈우는 그 장난감 가게에서 자기가 원하는 것을 고르는 법을 배웠고, 돈을 아끼는 법도 배웠다. 남는 돈을 저금통에 넣는 재미를 알게 된 것이다.

시간이 지나가자 훈우는 저금통에 돈을 더 넣고 싶어서 점점 싼 것을 사기 시작했다. 어떤 날은 300원짜리 꼬마 자동차 붕붕의 플라스틱 미니카를 산 일도 있다. 100원짜리 동전이 열일곱 개나 남았다. "우와아! 엄마한테 근사한 걸 사줄 수 있겠다!" 훈우는 신이 나서 저금통을 흔들어 댔다. 장난감 가게 옆의 문방구점에도 흥미를 가지기 시작했다. 색종이와 풀, 가위 같은 것을 사다가 종이접기, 가위로 오리기, 오린 것을 스케치북에 붙여 모양 만들기 같은 것도 하며 하루하루를 울지 않고 견뎌냈다.

하지만 아이를 가장 기쁘게 하는 것은, 아침마다 한 칸씩 달력을

맘마 민아

메꾸어 가는 작업이었다. 눈을 뜨면 크레용을 들고 가서 달력 칸을 지우고 지우고 하더니, 어느 날 아이는 좀 더 견뎌 보겠다는 말을 했다. 남은 날의 판도가 줄어드는 것이 재미있었던 모양이다. 그럭저럭 잘 견디던 아이가 막바지가 되니 미치려고 했다. 자는 아이의 손을 잡고 있으면, 그 여린 영혼이, 자면서도 그리움으로 발발 떨고 있음을 느낄 수 있었다.

저물녘이 고통스러운 것은 엄마도 마찬가지여서, 저물녘이 되어 오면 공부를 집어치우고 아이에게 달려가고 싶어서 운단다. 시험에 떨어지면 아이를 또 한 번 울려야 한다는 생각이 강박관념이 되어서 밤에 잠도 오지 않는다고 했다. 얼마나 필사적으로 공부를 했는지, 민아는 그 어렵다는 캘리포니아의 바 시험에 단번에 합격했다. 법대 다닐 때도 시험을 치는 기간에는, 훈우가 시험치는 것 같다고 유치원 선생이 그랬던 생각이 난다. 1987년의 한 계절을 훈우와 민아와 나는 모두 변호사 자격 시험을 같이 친 기분이다.

여자들은 그렇게 아이를 울리지 않고는 박사도 변호사도 될 수가 없다. 그러니까 어찌 보면 아이가 엄마를 키우는 것이기도 한 셈이다. 훈우는 공부하는 싱글맘을 두어서, 어린 나이에 그런 고통스런 결정을 해야 했고, 사고 싶은 물건을 줄여 가면서 엄마에게 줄 선물을 준비할 만큼 깊은 그리움도 배웠다.

공부뿐 아니다. 커리어 우먼들은 그렇게 아이를 울리지 않고는 일도 할 수 없다. 훈우는 공부하는 싱글맘을 두어서 어린 나이에 그런 힘든 시간을 보냈고, 엄마가 큰 로펌에 취직이 되자 하루에 보육원을 두 군데씩 옮기면서 힘들게 자랐다. 둘이 서로에게 의지하고 그런 고통을 나눈 세월이 4년이나 계속되었다.

민아에게 훈우는 외롭고 힘든 시기를 같이 보낸 파트너이자 친구이고, 보호자였으며, 늘 가슴이 저리게 미안하고 아픈 아들이기도 했다. 민아는 나중에 아이를 셋이나 더 낳았지만, 민아의 삶에서 우선순위 1번은 언제나 훈우였다. 둘이 함께 헤쳐 온 어려운 시기의 기억들 때문이다. 갑상선암에 걸렸을 때 민아가 제일 걱정한 것도 훈우의 앞날이었다. 그렇게 기른 아이를 스물다섯에 잃은 것이다.

아이를 잃고 나서 1년 만에 민아가 이혼을 하니까, 우리 언니가 그동안 훈우 덕에 잘 살았는데, 훈우가 없어져서 이혼한 거라는 말을 했다. 그 말이 맞다. 민아는 훈우 때문에 남편에게 생활비를 적게 요구하고, 그 대신 어디 쓰든 참견하지 말라는 약속을 받았다. 훈우를 길러 주는 게 고마워서 재혼한 남편과 한 번도 싸우지 않고 17년을 살았다. 남편이 원하는 것을 무조건 다 들어 주었기 때문이다. 어렸을 때 가난 때문에 못해 준 것이 많으니까 민아는 가능하면 훈우가 원하는 것은 다 해 주고 싶어 했다. 그래서 자기 몫을 계속 줄이면서 살았다. 민아는 그렇게 혼신의 힘을 다해 훈우를 지켰다. 그런데도 자기 아버지와 같이 살지 못하게 한 것이 미안해서 민아는 늘 그 애를 가슴 아파했다.

그런 절박한 사랑은 아이에게도 전염된 것 같다. 엄마가 아프면, 어릴 때부터 훈우는 먹을 것을 챙겨 가지고 가서 엄마를 돌보았다. 5년간 둘이만 산 절실한 세월이 둘 사이를 짙게 만든 것이다. 아이가 사춘기여서 힘들어 할 때, 민아는 그 애를 위해 새벽기도를 100일 동안 계속 했다. 그 무렵에 훈우가 다운타운에서 깡패들의 습격을 받은 일이 있다. 여럿에게 가진 것 다 빼앗기고, 매를 맞고 있으면서도 아이는 자기가 죽지 않을 것이라는 확신을 가졌다고 했다. 엄마가 자기를 위해서 해 준 백일기도의 공덕을 믿은 것이다. 기도가 효험이 있었는지는 몰라도 동네 아저씨가 총을 들고 나와서 깡패들을 쫓아 주어 아이는 무사했다.

고2 때의 어느 날 훈우가 늦게 돌아오더니 엄마를 붙잡고 "미안해, 엄마, 모든 것이 다 미안해!" 하면서 울기 시작했다. 그날 친구 어머니의 장례식에 갔던 훈우는, 엄마가 자기에게 얼마나 소중한 사람인가를 사무치게 깨달은 것이다. 그것으로 훈우의 사춘기는 끝이 났다. 다행히도 훈우는 낙천적인 아이었다. 어느 날 그 애가 자기 반에는 불행한 애들이 많은데 "엄마 난 참 평탄하게 자랐지?" 라고 해서 민아를 놀라게 한 일도 있다.

훈우가 살아 있었다면, 민아가 다시 이혼하는 일은 없었을 것이다. 훈우가 죽지 않았다면 민아는 암을 말기까지 방치해 두지도 않 았을 것이다. 그 애의 죽음과 함께 민아의 세계가 무너져 내렸다. 다 키워 놓은 아이를 삽시간에 놓친 민아는, 시력이 악화되어 운전 을 못하게 되었고, 다리가 흔들려 일도 하지 못하게 되었다. 설상 가상으로 이혼까지 당하고 절망 속에 던져진 것이다. 하지만 그 절 망이 민아를 목사로 만들었다. 재앙 속에서 하나님의 목소리를 더 자주 듣게 된 것이다.

훈우의 죽음은 내 세계에서도 웃음을 앗아 갔다. 내가 학교에 나가면서 박사학위를 받던, 그 힘든 시기에 내게로 온 아이다. 나 자마자 1년간 와 있은 것을 제외해도, 그 애는 세상을 떠날 때까 지 방학마다 우리 집에 와 있어서, 늘 같이 산 것 같은 기분이 들었 다. 나는 그 애를 내 네 번째 아이라고 불렀다. 훈우는 아이를 기르 는 법을 익힌 후에 온 나의 네 번째 아기였고, 내가 가장 여유가 있 는 때에 온 복 많은 손자이기도 했다. 내가 50이 되던 해에 낳은 훈 우는, 내게 아직 아이를 기를 힘이 있을 때 와서, 충분히 보살펴 줄 수 있었다. 10년 동안 우리 집에는 아이가 그 애밖에 없어서 가족 들의 사랑도 흠씬 받았다. 10년 후에 아기 셋이 한꺼번에 태어났을 때, 나는 이미 디스크 환자여서 아이들을 봐 줄 능력이 없었다.

그 네 번째 아이를 기르던 기쁨이 지금도 새롭다. 그 애를 잃고

맘마 민아

나서 나는 육상궁 근처에만 오면 우는 버릇이 생겼다. 훈우 때문에 울기 시작했는데, 4년 후에 민아까지 따라가서, 육상궁 앞 회나무를 보면서 우는 세월이 계속되었다. 내가 울면 훈우와 민아가 손을 잡고 같이 나타난다. 못 잊어서 훈우가 엄마를 불러 간 것일까? 못 잊어서 엄마가 아들 뒤를 따라간 것일까?   2013년

훈우의 죽음과 함께 민아의 세계가 무너져 내렸다!

훈우의 죽음은 내 세계에서도 웃음을 앗아 갔다!

맘마 민아

아이 엠 캡틴

우리가 산 후안 카피스트라노San Juan Capistrano에 스페인 선교사들이 지은 올드 처치를 관광하고 오던 날 밤, 민아네 두 아들이 싸움을 했다.

"이건 그냥 싸움이 아니에요 할머니. 우리가 함께 뒹굴며 느꼈던 공감지대로 다시는 돌아갈 수 없는 걸 뜻하는 무서운 싸움이라구요……. 그래서…… 화가 나지 않고…… 슬퍼요"

아이 엠 캡틴

제야 파티가 있다면서 재촉하는 손녀를 데리고 저녁을 먹고 왔더니, 2층 소파에 큰애가 가슴에 비수가 박힌 것 같은 형상을 하고 구겨져 있었다. 울어서 눈이 새빨갰다. 엄마의 주검 앞에서도 눈물을 보이지 않던 아이다. 가슴이 철렁 내려앉았다.

작은애는 집에 없었다. 화가 나면 산책으로 자신을 다독이는 어른스런 버릇이 있는 아이라 대수롭지 않게 생각했는데 그게 아니었다. 너무너무 화가 나서 차도 없는 데 걸어서 비를 맞으며 친할머니 집이 있는 산호세로 떠났다는 것이다. 아무리 말려도 듣지 않더라면서 큰애가 주먹으로 눈물을 닦았다. 예의가 바른 아이인데, 자기들을 보러 한국에서 온 내게 인사도 하지 않고 떠난 걸 보면, 사태는 예상했던 것보다 심각한 것 같았다. 화를 잘 안 내는 사람은 이렇게 울화가 폭발하는 경향이 있다. 너무 오래 많은 것을 쌓아두기 때문이다.

오늘은 2012년의 섣달 그믐밤—그러니까 용띠 해의 마지막 밤이다. 이 해 이른 봄에 저 애들은 엄마를 잃었다. 17세와 19세였던 그들 형제는, 갑자기 엄마가 암 말기 선고를 받은 것, 한국으로 떠나고 자기들만 남은 것, 그 먼 고장에서 엄마가 나날이 생명이 줄어들다가 9개월 만에 숨을 거둔 것 같은 엄청난 일들을, 서로의 등에 몸을 기대며 견뎌 냈다. 엄마가 떠난 후에도 그들은 아빠 집에 들어가는 것을 거부했다. 섬에 단 둘이 남은 것 같은 고립이었다.

그 외로움이 형제 사이를 더 밀착시켰다.

얼마 있다가 그들은 헌팅턴 비치를 떠나 산호세로 갔다. 친할머니 집으로 간 것이다. 그리고 1년이 가까워 오는 동안 아빠를 만나지 않았다. 마지막까지 엄마에게 싸움을 걸던 아빠를 용서할 수 없었던 것이다. 추수감사절 휴가 때 처음으로 그들은 아빠 집에 다녀왔다. 그리고 나를 따라 두 번째로 온 것인데, 오자마자 아빠와 부딪쳤다. 어제는 작은애가, 오늘은 큰애가 아빠와 다툰 것이다. 그 싸움이 번져서 형제 싸움이 되었다. 늘 같이 싸워 주던 동생이 오늘 갑자기 동맹을 깨고 형을 고립시켰기 때문이다.

아빠와 아이들이 원수가 되고, 형과 동생이 이런 싸움에 휘말리는 사태가 벌어진 것은, 개성이 강한 식구들 사이에서 완충지대 역할을 하던 엄마가 사라졌기 때문이다. 엄마는 그 집의 관제탑이었다. 엄마는 조정자였고, 보스 레이디Boss Lady였으며, 가족 사이를 맺어주는 끈이었다. 아빠의 파시스트식 통치가 아이들을 해치지 못하게 방파제가 되어 준 것도 엄마였고, 형제들이 저희끼리 좌충우돌하는 것을 예방해 주던 것도 엄마였다. 그 만능의 손이 사라지자 식구들은 끈이 풀어진 풍선처럼 뿔뿔이 날아갔다. 그러다가 공기가 빠져 땅에 가라앉은 자리에서 형제의 이별극이 벌어진 것이다.

어느 집에서나 두 살 터울인 형과 동생은 싸운다. 라이벌이기 때문이다. 그런데 이 애들은 싸우지 않는 형제였다. 동생이 늘 양보

아이 엠 캡틴

했기 때문이다. 그러니까 이건 동생의 독립 전쟁이다. 그가 형에게서 독립해야 할 무렵에 엄마가 갑자기 암 선고를 받았다. 엄마가 없는 동안 형은 학교를 그만두고 취직해서 동생과 둘이 사는 독립된 생활을 꾸려 나갔다. 그들 사이에는 네 것 내 것이 없었다. 형은 자기보다 공부를 잘하는 동생에게, 때로는 의존했고, 때로는 군림했으며, 동생은 창의적인 형이 만들어 내는 장난과 놀이의 세계에 홀려 있어, 성격적 궁합도 맞는 편이었다.

하지만 동생이 독립할 때가 온 것이다. 그런데 엄마가 없어지자 그들은 섬에 남은 고아처럼 고립됐고, 그런 여건이 아우의 독립을 2년이나 지연시켰다. 동생은 형의 부하이고, 친구이며, 조수이기도 한 자리에 그대로 남아 있을 수밖에 없었던 것이다. 지금 형에게는 아버지는 적이고, 여동생은 본래부터 아빠 아이니까 남동생이 유일한 우군友軍이다. 겉으로는 강한 척하지만 속은 여리고 무른 형에게는 어른스러우면서 착한 그 동생이 꼭 필요했다. 그런 줄 알기 때문에 동생은 차마 자기 세계에서 형을 밀어낼 수 없었던 것이다.

어쩌면 작은애는 오랫동안 그 결별을 준비하고 있었는지도 모른다. 그 징후를 나는 오늘 옛 교회의 정원에서 발견했다. 밝은 얼굴로 안내역을 맡아 하던 작은애가, 한 번은 전시장 문턱에서, 또 한번은 붕어들이 수초 밑에서 놀고 있는 '물둠벙' 옆에서 느닷없이 "아이 엠 캡틴(I am captain, 내가 대장이다)!"이라는 선언을 했

맘마 민아

민아의 둘째와 셋째 아들. 1994년

아이 엠 캡틴

기 때문이다. 물론 그건 농담이었다. 그날 자기가 입은 가짜 군복에 캡틴 견장이 달려 있어서 장난처럼 해 본 말이다. 하지만 그냥 농담만은 아니었다. 농담 속에 진담이 있다고, 그 애의 가슴 밑바닥에서 들끓고 있던 마그마 같은 열망이 그 말로 분출된 것이라는 사실을 나는 그의 눈빛을 보고 알아챘다. "그립다 말을 할까 하니 그리워"라는 어느 시인의 시구처럼, 생전 처음 뱉어 본 "아이 엠 캡틴"이라는 주문은 그를 저녁의 동맹파기로까지 밀고 갔다. 그날 밤 동생은 형과 아빠의 언쟁에서 형을 돕는 일을 거부함으로서 독립 선언을 마무리 지은 것이다.

나도 큰애처럼 그들이 다시는 오랫동안 한 몸이었던 세월로 돌아가지 못하리라는 것을 예감했다. 그건 동생이 어른이 되기 위해 겪어야 할 필연적인 과정이기 때문이다. 하지만 타이밍이 좋지 않았다. 지금 그의 형은 부하들이 몽땅 적과 내통하는 상황에 처한 사령관같이 고립무원 상태에 놓여 있다. 섬세하고 약한 그는 탱크 같은 아빠와의 싸움을 혼자서는 감당할 수가 없다. 동생이 떠나는 것은 그에게는 치명상이다.

네 남매의 둘째와 셋째인 이 애들은, 태어나서 지금까지 20년 동안 이층 침대가 있는 방에서 같이 놀고 같이 잤다. 형제가 많아 그들이 따로 가질 방이 없었던 것이다. 다행히도 그들은 사이가 좋았다. 동생이 형을 좋아해서 엇서지 않았기 때문이다. 군인이 되는

맘마 민아

평창동 옛집의 마당에서 노는 두 아이. 1997년

아이 엠 캡틴

것이 꿈인 형은 방 안을 온통 밀리터리 캠프처럼 만들어 놓는다. 고지식해서 냅뜰힘이 약한 동생은, 외곬으로 밀고 나가는 형의 그런 추진력에 압도당한다. 형이 카키색 일변도의 패션을 취하면 자기도 카키색 옷을 입었고, 형이 머리를 박박 깎으면 자기도 따라 했다. 외곬으로만 정력이 집중되는 형의 세계에는 언제나 열정이 충만했다. 오목렌즈에 집중하면 햇빛에서도 불꽃이 이는 것과 같은 이치다. 그래서 형의 인터넷 사이트에는 수백 명의 팔로워가 있다. 동생도 그런 팔로워의 하나였다. 어쩌면 작은애는 형을 핑계삼아, 상식에서 일탈해 보는 사춘기적 욕망을 충족시키고 있던 건지도 몰랐다. 엄마까지 사라진 후 동생은 삶의 키를 아예 형에게 맡겨 버렸다. 그러다가 오늘 정면으로 도전장을 던진 것이다.

집을 나와 혼자 사춘기를 보낸 그 애 아빠는, 자기 말에 복종하지 않는 사춘기 아이를 다룰 줄을 모른다. 그뿐 아니다. 그는 약한 자에게 가혹한 편이다. 큰애가 표적이 되는 이유가 거기에 있다. 큰애뿐 아니다. 그는 민아에게도 그렇게 했다. 그는 아내를 존중하고 깊이 사랑하는 관대하고 너그러운 남편이었는데, 아내가 큰애를 잃고 탈진 상태에 빠지자 못살게 굴기 시작했다. 일단 가해자로 변하면 그에게는 브레이크가 없다. 별거한 후의 그는, 그 여자를 너무 사랑해서 무조건으로 항복하던 옛날의 구혼자도 아니었고, 17년간 싸움 한 번 안 하고 사이좋게 살던 너그러운 남편도 아

맘마 민아

니었다. 이제는 학교에 돌아가야 하니 큰애는 아빠와 같이 살아야 한다. 그런데 아빠와 같이 살 생각을 하면 그는 눈앞이 캄캄했다.

성격 때문이다. 큰애와 아빠는 똑같이 고집불통이어서 본질적으로 궁합이 맞지 않았다. 그동안은 너그러운 엄마와 작은애가 사이에 있어 집안이 화평했던 것이다. 그런데 지금은 옹고집끼리만 남아 있다. 부딪칠 일이 많을 것은 자명한 일이다. 큰애는 적어도 6개월이나 1년은 아빠 곁에서 견뎌야 한다. 그것만 해도 속이 터질 지경인데, 동생까지 반기를 드니 칼에 찔린 것 같은 얼굴이 되지 않을 수 없는 것이다.

떠난 아이는 행방이 묘연하고, 집의 아이들은 늦잠을 자고 있어서 설날 아침에 나는 혼자 밖으로 나왔다. 아이들이 살고 있는 타운 하우스는 전에 민아가 살던 집 맞은편에 있다. 거기에는 자그마한 수영장이 있다. 민아는 이따금 그곳으로 수영하러 다녔다. 말로만 듣던 그 수영장 곁을 지나면서 머리가 젖은 채 돌아오던 민아 생각을 한다. 수영장을 지나 남동쪽으로 걸어가니 포레스트 힐Forest Hill과 데이빗 컵 레인David Cup Lane의 표지판이 있었다. 테니스 클럽 안의 주택단지였던 것이다. 데이빗 레인을 끝까지 갔더니 운하 같은 바다가 나오고, 민아가 살던 집이 건너다 보였다. 붉은 기와를 인 장엄한 집이다.

2007년 큰아들이 숨을 거두기 전까지 그 집은 평화의 동산이었다. 프라이빗 비치 가에 있는 뒤뜰에는 호수 같이 둥근 바다의 한 자락이 들어와 있었다. 모래사장에는 카약이 매여 있고, 넓직한 집 안마당에는 저쿠지(물에서 기포가 생기게 만든 욕조)가 달린 온수 수영장이 있었다. 부지런한 가장이 날마다 청소를 해줘서 그 집 아이들은 아무 때나 수영을 즐길 수 있었다.

아이들 생일잔치에는 광대들이 초청됐다. 광대들은 여러 가지 집기들을 가지고 와서 다양한 프로그램을 종일 진행했다. 오색풍선이 안뜰을 뒤덮었다. 파장 후에는 아이들이 쓰다 버린 색색의 타올들이 모자이크 무늬처럼 안뜰을 장식했다. 배를 좋아하는 애들 아빠는 걸핏하면 가족을 데리고 요트로 롱비치에 저녁 먹으러 갔다. 새우칵테일이 일품인 해산물 전문 식당에서 먹던 저녁 식사는 언제나 풍성했다.

그 집에서 저 애들은 근심을 모르는 '에버랜드'의 주민처럼 기를 펴고 자유롭게, 진실로 자유롭게 살면서 날마다 키가 컸다. 그 애들의 아버지는 대대장 기질이 있어서, 말을 잘 듣는 어린 아이들과 궁합이 잘 맞았다. 그 집에 살 때가 그런 때여서 그는 주말마다 아이들을 데리고 디즈니랜드나 넛츠베리 팜에 가면서 행복해했다. 자기 아버지를 좋아하지 못한 민아 남편은, 자기도 아버지 같은 아빠가 될까봐 아기를 낳지 않으려 하기까지 했다. 그래서 그는 자신이 좋은 아빠라는 사실에 스스로 감동하고 있었다. 그는 아이들이 원하는 것은 무어든지 이루어 주려고 노력하는 좋은 아빠였다. 두 아이가 자전거를 타는 뒤를 막내를 안고 자전거로 따라가면서 그는 알프스를 넘은 나폴레옹처럼 의기양양해 있었다.

그 평화로운 동산 한복판에 지모신 같은 엄마가 있었다. 반바지 차림의 발랄하고 따뜻한 그들의 엄마가……. 그 애들의 엄마는 남편과 싸우는 일이 거의 없었다. 그녀의 남편은 뭐든지 자기가 시키는 대로 해야 만족하는 타입이기는 했지만, 아주 가정적인 좋은 가장이었다. 그는 돈다발을 주머니에 넣고 다니면서 끊임없이 물건을 사들이는 것을 좋아했다. 언젠가 훈우가 위험한데 왜 현금을 들고 다니냐고 물으니까 "너희 엄마는 유복하게 자라서 주머니에 돈이 없어도 태평한데, 나는 주머니에 지폐가 없으면 불안해"라고 대답하는 것을 들은 일이 있다. 그 불안을 해소하는 방법이 물건을 사는 것인 모양이다. 그는 20개들이 식빵을 한꺼번에 서너 봉지씩 사오고, 바나나나 햄도 박스로 사들인다. 차고에 있는 여벌 냉장고에까지 음식을 꽉꽉 채워 놓아야 안심이 되는 모양이다.

그래서 휴일이면 그는 종일 바쁘다. 차고의 문이 줄창 열렸다 닫혔다 한다. 열여섯 살 때 집을 나와 혼자 힘으로 변호사 자리에까지 오른 그는, 자기가 구매능력을 가지고 있는 것 자체를 즐기는 것 같았다. 그는 자기가 좋은 남편인 것이 자랑스럽고, 좋은 아빠인 것은 더 자랑스러워 노상 싱글거리며 17년 동안 즐겁게 살았다.

둘 다 변호사인 그들 부부는 결혼할 때 생활비를 공동 부담하기로 약속을 했다. 자기에게 수입이 없을 때도 우리 딸은 남편에게 그 이상의 돈은 요구하지 않았다. 그 대신 돈을 어디에 쓰든 간섭하지 말 것을 요구했다. 그 약속은 아주 잘 지켜졌다. 그러니 돈 때문에 싸울 일이 없었다. 제 주머니에는 100불도 없는데, 남편이 요트와 보트를 연거푸 사들여도 잔소리를 하는 법이 없는 여인이 우리 딸이다. 보다 못해 내가 좀 절제하라고 하면 어떠냐고 물었다.

"물건 사는 것도 한때예요, 엄마. 아빠 보세요. 이젠 안 사시잖아요. 저 사람 어렵게 자라서 빚지면서 사지는 않아요."

민아는 그런 태평한 마누라다. 집안에 변호사가 둘이나 있으니 굶어 죽지는 않을 거라면서 민아는 늘 태평했지만, 남편에게 돈 달라는 말을 하는 것을 싫어하면서도, 자기 수입을 알뜰하게 따로 모아 놓을 줄을 몰라서 민아는 어려운 때가 많았다. 눈이 높은 큰애가 사달라는 물건이 많아 지출이 큰 데다가, 작은애들은 무슨 일이 있어도 미션 스쿨에 보내야 한다고 생각했기 때문이다. 미션 스쿨은 사립이어서 셋을 보내면 엄청난 돈이 든다. 학비는 남편이 내지만 자잘한 지출도 많은 것이다. 아이 넷의 운전수 노릇을 하느라고

맘마 민아

"아이 엠 캡틴(I am captain, 내가 대장이다)!"

그 애의 가슴 밑바닥에서 들끓고 있던 마그마 같은 열망이

그 말로 분출된 것이라는 사실을 나는 그의 눈빛을 보고 알아챘다.

아이 엠 캡틴

변호사 일도 제대로 못하는 민아는 자주 돈에 쪼들렸다. 그런데 언제나 마음은 태평했다. 믿음 때문이다.

믿음이 깊은 민아는 새벽마다 아래층에서 기도를 한다. 먼저 일어나는 아이가 엄마의 축복기도를 독점할 수 있다. 머리에 손을 얹고 사랑이 넘치는 기도를 오래오래 해 주는 엄마는 아이들에게 충만감을 준다. 막내 아들은 그 기도가 받고 싶어서 일찍 일어나는 버릇이 생겼다. 학교에 갈 때도 엄마는 졸린 아이들을 경쾌하게 편곡한 찬송가로 깨운다. 그녀의 커다란 더찌 벤을 가득 채우던 경쾌한 찬송가들…… 늘 편안하고, 늘 기쁨에 충만해 있던 엄마. 엄마는 아이들의 멘토였고, 그들의 수호신이었으며, 그들의 절친한 친구였다. 그런 엄마가 없어지니 아이들은 세상에 다리를 펴고 편히 쉴 자리가 없어진 것이다.

이틀 동안 나는 작은애의 행방을 알 수 없었다. 핸드폰을 안 가지고 있으니 연락할 방법도 없었다. 산호세의 친할머니 집에도 다음 날 저녁 때까지 가지 않았대서 나는 드디어 위경련을 일으켰다. 설사 때문에 줄창 화장실에 드나들다가, 문득 지난 일이 생각났다. 우리 동네에서 산책을 하다가 뒤에서 오던 사내애들을 잃어버렸을 때의 일이다.

맘마 민아

"걱정 마세요, 엄마. 그 애들은 길을 잃는 아이가 아니에요."

내가 허둥대니까 민아가 태평하게 그런 말을 했다. 확신에 찬 어투였다. 그 말이 맞았다. 아이들은 길을 잃자 원점으로 되돌아가 길을 찾아서 우리에게로 왔던 것이다. 그때 그 애들 엄마의 그 확고했던 믿음이 내게 희망을 주었다.

그 말대로 이번에도 작은애는 길을 잃지 않았다. 걸어서 기차역까지 가니 막차가 떠난 후여서 역에서 밤을 보냈고, 아침에 탄 완행기차는 밤에야 산호세에 닿았다는 전화가 심야에 왔다. "그 시간들이 그다지 나쁘지 않았다"고 아이가 내게 말했다. 그러면 된 거다. 울면서 나간 큰애도 내가 혼자 있는 것이 걱정되어 친구를 데리고 돌아올 만큼 진정되었다. 그들을 위해 위경련을 일으킬 필요는 이제 없어진 것 같다.

엄마가 가신 후의 우리 집도 이 집과 비슷했다. 관제탑이 파괴된 비행장처럼 가족들이 엉키고 부딪히며 법석을 떨었다. 그랬는데, 시간이 지나니 새 질서가 생겨났다. 이들도 그럴 것이라는 희망이 생겼다. 엄마가 없는데 2년을 탈 없이 저희들끼리 견뎌낸 아이들이다. 그 자존하는 마음이 그들을 구할 것이다. 머지 않아 동생은 제 목소리를 내면서도 형과 평화롭게 공존하는 법을 터득할 것이고, 형은 맏이답게 식구들을 컨트롤하면서도, 상대방의 의견을 존중하는 법을 익힐 것이다. 자립심이 강한 아이니까 이제부터라도 열심히 학점을 따서 이 집에서 무사히 이륙하지 않을까? '바람과 함께 사라지다'의 스칼렛 오하라처럼 생각하기로 하자. 내일은 내일의 태양이 뜨겠지. 아직도 위가 아픈 나는 히팅 팩을 안고 이틀 만에 처음으로 느긋하게 잠자리에 들었다.   2013년

맘마 민아

2006년 1월의 카일루아 비치Kailua Beach

　모래가 명주결같이 고왔다. 구름 한 점 없는 하늘에는 무지갯빛 행글라이더가 여기저기 떠 있었다. 갈색 피부의 소년 둘이 서핑보드를 들고 바다로 가고 있었다. 2006년 1월. 하와이의 오하이오에 있는 카일루아 비치. 시도 때도 없이 거기에만 항상 비가 내린다는 레인 포레스트……. 그래서 언제라도 푸른 하늘을 보면서 비를 맞는 호사를 누릴 수 있다는, 그 이상한 골짜기를 지나, 민아와 나는 그 하얀 백사장에 새처럼 조용히 내려 앉았다. 거기에는 우리가 바라는 모든 것이 있었다. 보들레르의 '여행에의 초대'의 한 구절이…….

거기, 모든 것은 질서와 아름다움
호사스러움, 조용함, 그리고 환락歡樂

물빛은 에게 해와 비슷했다. 산호초 바다의 그 결벽스러운 맑
음……. 오래간만에 만난 우리 모녀는 모래 위에 누워, 그 아름다운
한가함을 즐기고 있었다. 그러다가 몸을 남쪽으로 돌렸더니 백사장
오른쪽에 작은 방파제가 보였다. 자연석으로 쌓은 야트막한 둑길이
바다를 향해 뻗어 있는 것이다. 그 위에 하늘거리는 훌립 스커트를
입은 여인이 나타났다. 해풍이 그녀의 옷자락을 마구 흔들어댔다.
깃발처럼 나부끼는 그 움직임 속에서 한 소녀의 영상이 피어 오르
기 시작했다. 암실에서 조금씩 형상이 잡혀 가는 사진처럼, 서서히,
아주 서서히, 일렁이면서 하나의 영상이 영글어 갔다. 긴 머리를 펄
럭이면서 바다를 향해 방파제 위를 달려가던 소녀가…….

2006년 1월의 카일루아 비치―비를 맞으며 찾아온 코발트빛 바
다 앞에서, 나는 신발을 벗어 둔 곳을 잊어버려 허둥대고 있었다.
어제 나는 아이들과 진주만에 갔다. '전함 애리조나에서 전함 미
주리까지(Arizona to Missouri)' 코스를 따라 걸으면서, 사위는 아버
지와 같이 왔던 유년기로 돌아가 있었다. 셋째와 같은 또래였을

맘마 민아

때, 자기에게 설명해 주던 아버지의 대사를 그대로 되뇌면서, 그
40대의 남자는 갈등을 못 푼채 저승으로 보내버린 아버지를 찾아,
1970년대에서 헤매는 중이었다.

나는 '센닌바리(千人針)'의 세계로 돌아갔다. 출정하는 사람
을 위해, 1,000명이나 되는 사람들의 손을 빌려 한 땀씩 수를 놓
아 만들던 '무운장구武運長久'라는 글씨. 일선에 보내는 아들과 연인
과 남편에게 헝겊에 그 글씨를 새기는 일밖에 해줄 것이 없었던
전시의 여인들. 그 정성이 방탄조끼처럼 총탄을 막아 주기를 기
원하던……. 1940년대 여인들의 애틋한, 열망과 사랑, 그 띠를 두
른 채 이 바다에 가라앉았을, 수도 모를, 그날의 아까운 젊은 생령
들……. 또 그들이 뜻도 모르고 앗아 간 2,000명 이상의 젊은 미군
과 민간인들의 무고한 목숨들……. 어제 나는 60년의 세월을 건너
뛰어 1940년대의 피비린내 속으로 돌아가 있었는데, 오늘은 무지
갯빛 행글라이더가 나풀거리며 하늘에 떠 있는 카일루아 비치, 딸
의 곁에 누워 있다.

핸드폰이 울렸다. 둘째 아이가 다쳤다는 사연이다. 한 여자애가
숨어 있다가 튀어나와 손자를 밀쳐서, 옆에 있던 자전거 핸들에 가
슴을 받치게 했다는 것이다. 나는 그 여자애를 안다. 지난번에 왔
을 때, 엄마랑 같이 밤마다 놀러 오던 소녀다. 우리 딸은 아무하고

나 가족처럼 어울리는 버릇이 있어서, 내가 있는 동안 그 모녀는 줄창 우리 곁을 따라다녔다. 엄마는 날씬한데, 딸은 하와이식 항아리형 체격이어서, 가슴과 엉덩이가 엄청나게 풍만했다. 열다섯밖에 안 되었다는데, 이상하게 성적인 느낌을 풍기는 아이였다.

그런데 머릿속은 또 철부지 머슴아 같아서, 남녀를 가리지 않고 아무하고나 육탄전을 벌이기를 좋아했다. 수영장에서 남자애들을 뒤에서 껴안거나, 등에 올라타는 놀이 같은 걸 서슴지 않고 하는 걸 보고 내가 기함을 했더니, 남자 형제들 사이에서 자란 탓이라고 딸이 변명해 주었다.

그때 딸네 집에는 손님이 많이 와 있었다. 대부분이 남자애들이었다. 자제력이 약한 10대와 20대 초반의 나이들인데, 누군가가 충동적으로 그 애의 풍만한 가슴에 손을 대거나 하면 큰일이다 싶어 나는 조바심이 났다. 여자로서의 자각도 없고, 자위력도 없으면서, 터무니없이 감각적인 육체를 가진 여자애가, 비키니만 입고 사내애들 사이를 헤집고 다니는 건 좀 곤란하다. 우선 그 애가 다치기 쉽다. 하지만 만약 무슨 일이 일어난다면, 사내애들도 피해자이기는 마찬가지일 것이다. 피차에 신세를 망치는 일이 일어나기 쉬운 여건이기 때문이다. 그래서 딸에게 그 아이를 멀리하라고 충고를 했다.

이번에 와 보니 다행히도 그 모녀의 모습은 보이지 않았다. 그런

맘마 민아

데 멀리하는 과정이 쉽지 않았단다. 집착이 강하고, 자제력이 모자라는 그 애 엄마가, 왜 멀리 하느냐고 자꾸 따라다니며 따져서, 몇 달 동안 시달렸다는 것이다. 그런데 엄마가 겨우 끝내자, 딸이 둘째에게 이상행동을 하기 시작했단다. 지난번에도 숨어 있다가 지나가는 아이에게 딴지를 걸어서, 2주 동안 목발을 짚게 만들더니, 또 가슴을 나치게 했으니, 화를 잘 안 내는 민아도 격분했다. 그런 계획적인 위해행위를 더는 방치할 수 없다는 것이다.

아마 그 여자애는 우리 손자를 남자로서 좋아했던 것 같다. 그런데 반응이 없고, 자꾸 멀어져 가니 초조했던 모양이다. 아직은 자신의 감정을 제대로 전달하는 방법도 남자를 붙잡을 술수를 쓸 줄도 모를 나이인데, 붙잡고 싶은 마음만은 간절하니, 딴지라도 걸 수밖에 없지 않았을까? 그런 비상수단을 써서라도 자신에 대한 주의를 환기시키려 했던 그녀는, 노벨 문학상을 받은 파울 하이제의 단편소설 〈랄라비아타L'Arrabbiata〉*에 나오는 '라울레라'와 닮았다.

민아 아들보다 먼저 그런 일을 겪은 또 한 손자 생각이 났다. 그 애는 중학생이 되더니, 여자애들이 짓궂게 굴어서 사는 게 괴롭다고 한탄하곤 했다. 그런데 시간이 지나자 우리 애는 여자애들의 행위가 타인을 해치려는 행위가 아니라는 것을 눈치챘다고 했다. 무

---

* L'Arrabbiata : 이탈리아어로 '고집쟁이 처녀'라는 뜻의 말이다.

언지 모를 혼란이 그녀들의 내면에서 일고 있어 생겨나는 일종의 발작 같은 것이라는 사실을 알게 되었다는 것이다. 그 말이 맞다. 저 애도 괴로워서 미치겠으니까 발작을 일으킨 것이리라.

생각해 보니 내게도 그런 시기가 있었다. 처음으로 좋아하는 남학생이 생겼을 때의 일이다. 나는 그를 향한 집착이, 자신을 모독하는 일같이 느껴져서 참을 수가 없었다. 그래서 절대로 내색을 하지 않으려 안간힘을 썼다. 뿐 아니다. 자신의 감정을 들키지 않으려고 상대방이 싫어할 짓만 골라 해대고, 억지를 쓰거나 심술을 부렸다. 왜 사랑한다고 솔직하게 말하고, 상대방의 심정도 물어서, 어느 쪽으로든 귀결을 내지 않고, 처음으로 생긴 사랑의 감정을 질병처럼 앓기만 하고 있었을까?

지금 우리 아이가 그 소녀에게 자기는 그녀에게 관심이 없다는 말을 해 주었으면 좋겠다. 헌데 사내애들은 왜 저렇게 늦될까? 저 애는 아직 자기가 남자라는 자각도 제대로 서 있지 않고, 누가 자기를 연모할만큼 자신이 멋있는 피조물이라는 것도 아는 것 같지 않다. 김유정의 소설 '동백꽃'에 나오는 머슴애처럼 "날이 풀리더니 저 계집애가 실성을 했나? 왜 나를 잡아먹지 못해 아르릉거리나?" 하면서 고민을 할 것 같은 얼굴을 하고 있기 때문이다. 오늘 몸을 다친 것은 우리 애지만, 상처는 그 소녀의 것이 더 클 것이다. 하지만 그녀에게도 그 상처가 언젠가는 청순하던 지난날을 기념

맘마 민아

샌디에이고 유람선 위에서 엄마와 민아. 1991년

하는 메달처럼 빛나는 것으로 보일 수도 있지 않을까?

아이의 부상 때문에 우리는 서둘러 비치에서 떠났다. 레인 포레스트 근처에 오니 다시 비가 흩뿌렸다. 뒤를 돌아보았다. 바다는 이미 보이지 않았다. 하나님이 창조한 그대로의 아름다운 카일루아 비치가 과거 속으로 사라지고 있었다.

2006년(KE502 기내에서)

2006년 1월의 카일루아 비치Kailua Beach

처음으로 좋아하는 남학생이 생겼을 때의 일이다.

나는 그를 향한 집착이, 자신을 모독하는 일같이 느껴져서 참을 수가 없었다.

그래서 절대로 내색을 하지 않으려 안간힘을 썼다.

뿐 아니다. 자신의 감정을 들키지 않으려고 상대방이 싫어할 짓만 골라 해대고,

억지를 쓰거나 심술을 부렸다.

맘마 민아

씰 비치에서 만난 어머니

미국에 가면 나는 갑자기 한가해진다. 기동력이 없으니 혼자 움직여 다닐 수 없기도 하지만, 한 해에 한 번 정도밖에 못 만나는 민아를 보러 온 것이니, 이삿짐을 따라가는 강아지처럼 종일 그 애 뒤만 따라다니는 것이다. 아침이면 아이들을 학교에 데려다 주고, 오후가 되면 아이들을 데려오고, 다음에는 그들의 과외하는 데를 간다. 20세기가 끝날 무렵에도 그랬다. 그때 딸은 사이프러스에서 살고 있었고, 휴직 중이어서 한가했다. 그래서 우리는 아침에 위의 아이 둘을 내려놓은 후, 밑의 두 아이는 수업을 빼먹게 하고 씰 비치에 있는 리버 앤드 카페에 데리고 가서 놀았다.

캘리포니아에는 강이 드물다. 비행기에서 내려다 보면 어느 나라에나 으레 있기 마련인 강줄기가 보이지 않는다. 반짝거리면서 얕은 곳을 향해 뱀처럼 구불거리며 흐르는 강물이 거기에는 없는 것이다. 사막이기 때문이다. 이따금 강둑 같은 것이 나타나는데, 널찍하게 자리잡은 그 인공의 하천은, 시멘트로 된 구조물일 뿐 물은 한 방울도 없어서, 강 바닥에서 아이들이 논다. 홍수가 날 때를 대비해서 만든 비상용 빗물 배수 시설이란다. 그런데 신기하게도 씰 비치 오른쪽에는 강이 있다. 그래서 카페 이름도 리버 앤드 카페다. 산 가브리엘 강. 이름이 거룩하다. 물도 제법 있어서 아이들과 그 물가를 걷기도 하고, 카페에서 식사를 하기도 했다.

어느 날 나는 카페에서 쉬다가 철망 너머에 있는 바다 쪽으로 걸음을 옮겼다. 따라오던 셋째 손자는, 깔끔한 성품이어서, 모래가 젖은 곳에 오더니 발을 멈추고 마른 모래 위에 앉아 버렸다. 바다를 보면 이성을 잃는 나는 아이를 거기에 둔 채 신발을 벗어던지고, 젖은 모래벌을 지나 바다로 걸어 나갔다.

바닷물에 발을 담그고 나서야 아이들을 살피러 뒤를 돌아다 본 순간, 깜짝 놀랄 일이 벌어졌다. 왼쪽 백사장에 모여 있던 수백 마리의 갈매기 떼가, 무엇엔가 놀라서 갑자기 날아오르기 시작했기 때문이다. 새 떼의 비상은 파랑을 이루며 백사장에 있던 모든 새들

맘마 민아

에게 퍼져 나갔다.

앞쪽에서 올려다보는 새 떼의 비상은 너무나 감동적이었다. 볼록한 가슴을 치켜들고 하늘을 향해 일사불란하게 날아오르는 새 떼를 정면에서 본 건 난생 처음이다. 대규모 비행 군단이 일제히 상승하는 것 같은, 그 박력있고 아름다운 비상에, 수만 군중이 갈채하는 것 같은 요란한 날갯소리가 겹쳐졌다. 영상으로 기록하여 남겨 두고 싶은 장면이었다.

넋을 잃고 새들의 비상을 보고 있는데, 카페 쪽에서 무언가가 새 떼들을 가르며 빠른 속도로 바다를 향해 돌진해 오는 것이 보였다. 라벤더 핑크의 손수건만 한 원피스를 입은 다섯 살짜리 계집애다. 그 애는 일사불란하게 바다를 향해 달려왔다. 땅이 젖었는지 말랐는지 신경조차 쓰지 않았다. 목표물을 향해 달리는 그 애의 파격적인 활기에 갈매기들이 놀라 버린 것이다. 수백 마리가 말이다. 200미터도 더 떨어진 바다를 향해, 총알처럼 날아오는 그 쪼고만 계집애를 보면서, 나는 속으로 탄성을 올렸다.

'저건 엄마다. 우리 엄마야. 그 뜨겁던 피가 쟤한테 저런 박력을 심어 주었구나!'

베를 짜고 싶다고 자지 않고 떼를 써서, 다섯 살에 베틀을 만들어 받았다는 우리 어머니……. 그 피가 나를 거치고 딸을 거쳐서, 증손녀에게 가 저런 식으로 되살아난 것이다. '안토니아스 라인'이라는 영화 생각이 났다. 모계를 통하여 흘러내리는, 그 면면한 피의 흐름의 확실한 증거들을…….

여자는 아이를 낳음으로써 죽음을 초극한다는 옛 사람의 말이 맞다. 어머니들은 아이를 낳을 때마다 다시 태어난다. 돌아가신 지 30년이 지나도 저렇게 다시 태어나지 않는가!

맘마 민아

왜 나만 보면 아프니?

민아의 딸이 방학에 다니러 왔다. 열여섯 살에 엄마가 세상에서 없어져 가는 과정을 목격한 아이는 너무너무 힘들게 엄마가 없는 3년을 보냈다. 고1 때 한국에 전학 와서 한 학기를 외국인 학교에 다니고, 엄마를 잃은 후, 미국에 가서 아빠와 살다가, 아빠와 안맞아서 친할머니 집으로 갔다. 하지만 거기서도 못 견뎌서 또 아빠집에 오고 하느라고 아이는 고등학교를 다섯 군데나 옮겨 다녔다. 그런 풍상을 겪으면서 결국 고등학교도 제때에 끝내지 못했고, 몸도 마음도 거칠대로 거칠어져서 7월에 우리 집에 쉬러 온 것이다.

아이는 그새 많이 어른스러워져서 별로 문제가 없었다. 채식주의자인데, 저 먹을 걸 슈퍼마켓에서 골라다가 알아서 해 먹고는 깨끗이 치운다. 밤늦게 나다니지도 않는다. 머리 색깔을 자주 바꾸는 것만 빼면 별로 문제가 없어 보였다. 그런데 오자마자 아이가 아프기 시작했다. 감기에 걸렸는데, 고열에 시달리며 심하게 앓았다. 소리 없이 앓는 성격인데, 나를 보면 서툰 한국말로 "많이 아파요" 하며 호소했다. 설사까지 겹쳐서 그 애는 일주일을 푸짐하게 앓았다. 그 집 아이들은 얼마나 건강한지 엄마가 있을 때는 앓는 걸 본 일이 없다. 머리를 감으면 물기를 잘 안 닦아 등이 젖은 채로 학교에 가도 병이 안 난다. 겨울에 속옷 같은 걸 입는 법도 없는데, 감기 한 번 안 걸린다. 민아네 아이가 아픈 것을 본 건 그때가 처음이었다.

열이 내려서 나흘 만에 깊은 잠이 든 아이를 보고 있으려니까 문득 '아아 저 애가 다리 뻗고 아플 곳도 없이 3년을 살았구나.' 하는 생각이 들어서 눈물이 왈칵 솟아올랐다. 낯선 여자와 같이 사는 아빠, 융통성이 없는데다가 딸을 키워 본 일이 없는 친할머니 사이를 자매도 없이 이모도 없이 혼자 외롭게 오고 가면서, 안식처를 얻지 못했던 3년간의 그 애의 신산한 세월이 자고 있는 얼굴에서 환히 보였던 것이다.

엄마란 얼마나 위대한 존재인가? 만약 아빠가 없고 엄마만 있었

맘마 민아

다면, 저 애들은 아무 문제가 없이 사춘기를 보냈을 것이다. 그 애 엄마는 사춘기 아이를 다루는 재주가 비상하다. 내버려 둘 부분을 잘 알기 때문이다. 그 애 엄마는 사춘기 아이들과 호흡을 같이 하면서 그들을 되도록 풀어 주고, 긴요한 부분만 엄격하게 챙기는 타입이다. 이혼하여 아빠가 없을 때도 아무 지장이 없이 평화롭게 살았던 것처럼, 지금도 엄마만 있었다면 저 애들은 흠 없는 삶을 평화롭게 영위했을 것이다.

그 애들이 무엇을 잃었는가를 실감하는 순간에, 나는 내가 무엇을 잃었는지도 동시에 깨달았다. 인간에 대한 깊은 이해를 가진 민아는 내가 힘들어할 때마다 뜨거운 공감을 보여준 딸이다. 나름대로 웃을 방법을 찾아 내게 치유의 손을 뻗쳐 주던—민아는 내게는 친구였고, 멘토이기도 했다.

아이와 나는 심란한 생각을 떨쳐 버리고 일어나 산보를 나갔다. 모계로 흐르는 그 짙은 피의 연결이 우리의 상실감을 달래 주었다. 엄마가 없으니 엄마의 엄마를 찾아와 상처난 몸을 추스르고 있는 아이. 딸이 없으니 딸의 딸 손을 잡고 의지하려 드는 할머니. 우리는 같은 사람을 사랑하는 그 연대감 속에서 하나가 되어 있었다. '그래 푹 쉬다 가거라.' 나는 그 애에게 속으로 위로의 말을 보내면서 그 애의 몸을 꼭 안아 주었다.

나만 보면 앓는 것은 그 애의 엄마도 마찬가지였다. 5년 만에 이혼하고 싱글맘으로 살던 시절부터 네 아이를 기르던 그 후 20년간의 고달픈 생활 속에서, 우리 민아는 다리 뻗고 누워 있을 시간이 없었다.

민아가 혼자 살 때부터 나는 겨울마다 그 애를 도우러 미국에 갔다. 아이가 아이를 업고 힘겨운 외국의 법대를 다니니 걱정이 되어 그냥 둘 수가 없었던 것이다. 그런데 나만 보면 민아가 아프기 시작한다. 처음에는 공부가 힘드니까 피곤했나보다고 무심히 생각했는데, 해를 거듭하면서 보니 그게 아니었다. 아이를 데리고 혼자 사는데, 아프면 속수무책이니까 너무 긴장해서 앓지를 못한 것이다. 그러다가 나만 보면 병들이 쏟아져 나오는 모양이다. 옛날 며느리들이 친정에만 가면 앓기 시작하는 것과 같은 증상이다.

한번은 민아에게 크게 당한 일이 있다. 민아가 졸업반이 되기 전의 여름방학 때 일이다. 그때 민아는 클러크*로 취직이 되어 하와이에 와 있었다. 번화가에 방 세 개짜리 아파트를 얻어주고, 월급이 3,000불이나 된다면서 민아는 신이 나 있었다. 날마다 하와이로 오라는 전화가 왔다. 거기는 사면이 바다라 바다를 좋아하는 엄마 생각이 너무 난다면서 오라고 오라고 난리를 부렸다. 레인 포레스트에 가면 꼭 비가 오는데, 돌아올 때 보면 쌍무지개가 어김없

---

* Clerk : 법률 사무소의 서기다.

민아이야기

Mina Chang
91-1547 Wahane St
Kapolei, HI 96707

HONOLULU HI 968 DEC 2005 PM 4 L

이 어령 귀하
조...
92.8.12

사랑하는 엄마.

기운이 떨어져 야두친 때 ... 가 들어 와 "뭐
갖다 줄까?" 그래요 나는 엄마에게 도 받친 나이
의 ... 란이 있는 리 ... 르겠지만, ... 아이는 내
게 ... 기원 ... 식이 되어 주는 ... 의 축복이에요
... 엄마에게 ... 도움받아 가볍게 차리 ... 애는
차리고 좋은 ... 의 ... 고, 따로 사랑 ... 허며 하게
pick up 세 시를 하고 ... 녁 바로 리 ... 먹이게
하니, 그 ... 은 내가 ... 해야 하는 것은, 늘
빚진 것 같은 이안친 마음이 있어 ... 좋고,
... 하다 싶은 ... 도 야단치 ... 하는 건
내가 어른이 되기가 나? 집이 돌아와서 미리
미리 준비시켜 ... 있어 그래요 ... 애를 향하는
나의 맹목적이나 뜨거운 사랑 속에서, 처음으로 는
엄마가 엄마 사랑하는 리 느껴요. 가식 사랑은
내게 사랑이라 ... 엄마한테 받아서 리 on
한테 ... 그렇게 사는 건가 ... 진심이를 보
... 그 이쁘고 자랑기만 한 ... 중의 가는 사랑
... 리하고 더 ... 워 ... 애틋한 ... 애라...
... 리 어려운 일은 ... 이 ... 쳤었어 그런리......
그런데 그런 ... 막 앉자니 ... 내가 아프
내가 ... 전 ... 했어요 wine glass의 쥬스 딴아
놓고 촛불차리 키스 스파게티를 해 놓고 ... 분
서 ... 가 ... 의 ... 요. ... 이 메어서 겨우 먹었
리요 ... 인가 ... 8 ... 하는 ... 내 ... 이별하는, Dennis
한테도 ... 않고 한 따르고 ... 는 ... 애에게는
빚진 기분으로 ... 아요 ... 이 내가 ... 리게 ... 것보다
더 많이 내가 ... 아프... 라, ... 하니 ... 일린
... 은 ... 기분이 안 들 것 같아 ...이었어!
엄마. 나는 ... 주는 ... 걘졌어요 이리 적고 ... 넘었
으나 다 ... 은 ... 아프니가 ... 는 ... 서러워니
차분하고 ... 하고, ... 에 ... 있는 남편이 ... 것 같
인가 ... 것 ... 강한 것 ... 생각나 그래서 ... 아...가
... 었어요 ... 어려운 이 시간이 ... 나 다시 오는 것
이 ... 으로 돌아가야 리. 엄마가 ... 보니 ... 어요 ... 사
... 들이 ... 김서 ... 도 ... 라하면 ... 해요 엄마
가 친척 돌아가시 ... 시죠 ... 이 이해가 가요 ... 은
다 ... 이 있고 아프... 엄마 보고 싶은 것은 애기 ... 이니
... 엄마 다 ... 인가봐요 그죠?

민아가 엄마에게 보낸 편지. 1992년 8월 12일

이 뜬다든가. 멀리까지 바닥이 얕은 데다가 파도도 없는 알라모아나 비치Ala Moana Beach가 있는데, 물놀이 하기가 좋을 뿐 아니라 근처에 대형 쇼핑센터가 있어 여러 가지로 매력적이라는 말도 했다. 하와이의 나무들은 기후가 좋아 1,000년도 간다면서, 브로콜리 같이 생긴 가로수마다 온통 꽃이 피어 있는 장면은 천국 같다는 말도 했다. 계속 유혹하는 말만 써 보내면서 보챈 것이다.

방학 때 논문을 써야 하는 나는, 겨울에는 민아에게 가야 하니까 여름까지 가는 것은 곤란하다. 그뿐 아니다. 그 해에 남편이 13년간 하던 잡지를 형님의 빚을 갚느라고 친구에게 넘겼는데, 친한 친구라 계약을 제대로 하지 않고 구두로 약속하고 넘겼더니, 자잘한 문제가 자꾸 생겨났다. 현금을 받지 않고 형님 빚을 3년간 분할해서 갚는 조건으로 팔았다는데, 이상하게도 그들은 자꾸 우리가 지불할 문건들을 만들어서 돈을 요구했다.

일처리는 남자끼리 했는데, 남편은 그때 마감이 임박한 박사학위 논문을 집필 중이어서 그 이상한 일들을 남편 모르게 내가 대신 처리하고 있었다. 그쪽에서는 이상하게 매번 내용증명이라는 걸 보냈다. 생전 처음 내용증명이 오가는 희한한 일이 벌어지고 있던 것이다. 내용증명은 2주일 안에 답을 보내지 않으면 상대방의 의견을 긍정하는 것이 되는 문건이란다. 혹시라도 남편이 알게 되어 그의 논문에 지장이 있을까봐 내가 내용증명 주고받기를 하고 있었으니 떠날 형편이 아니었다.

그런데도 아이의 유혹에 못이겨 하와이로 갔다. 누아누 애비뉴에 있는 그 애의 아파트는 높은 층이어서 전망이 좋았고, 아이도 유치원에 가서 나는 낮에 친구들을 만나면서 이틀을 즐겼다. 그런데 사흘째 되던 날 아이를 데리고 원주민의 궁전을 구경하고 와 보니 대낮인데 민아가 벽을 향해 누워서 신음 소리를 내고 있었다. 오후가 되니 열이 나기 시작했다. 열은 점점 더 높아져서 40도에 육박해 갔다. 전화번호부를 뒤져서 그 애 친구들에게 전화를 걸어 보았다. 클래스메이트들이 집단으로 하와이에 취직해 왔다는데, 아무리 걸어도 집에 있는 사람이 없었다. 겨우 한 사람과 연락이 되어서 병원에 데려가 달라고 부탁했다.

하와이의 법은 아이를 병원에 데리고 가는 것을 금하고 있었다. 하와이의 법은 아이를 방에 혼자 두고 나가는 것도 금하고 있었다. 그러니 아이 때문에 나는 손발이 묶여서 옴짝달싹 할 수 없었다. 아이는 아이대로 내가 오자마자 엄마가 나가서 밤에도 안 돌아오니 불안해서 떼만 썼다. 먹을 걸 주면 던져 버리고, 소리를 질러 가면서 울고불고 야단법석이다. 의식이 없는 상태로 앰뷸런스에 실려간 민아가 그날 밤에 꼭 죽을 것만 같아서 정말로 환장할 지경이었다.

밤중에 민아를 데리고 갔던 대학 선배가 전화를 걸어왔다. 가는 도중에 민아가 숨이 넘어가서 인공호흡을 했다면서 그 사람도 넋이 나가 벌벌 떨고 있었다. 그때 나는 영어의 'passed away'라는 말이 죽는 것을 의미한다는 사실을 처음 알았다. 맥이 빠지게도 민아의 병명은 기생충 감염이었다. 하와이의 오래된 풍토병이라는데, 그게 다시 살아난 것을 모르고 이틀 동안 다른 검사만 한 것이다. 그 병원에서는 병의 원인을 못 찾으면 해열제를 쓰지 않는다면서 순한 좌약만 주니 민아는 계속 고열에 시달리는데, 주말이어서 나는 아이에게 잡혀서 병원에도 갈 수 없었다. 악몽 같았다. 하지만 검사 결과가 나오자 치료는 간단했다. 구충제 한 방으로 병은 완쾌된 것이다.

민아가 사흘 만에 퇴원하자 내가 돌아갈 시한이 다가왔다. 내용 증명 때문이다. 그 해에 나는 다시는 하와이에 가고 싶은 생각이 나지 않을 정도로 악몽 같은 시간을 거기에서 보냈다. 그러면서 내가 안 왔으면 아이와 민아는 어찌 되었을까 싶어 돌아오는 비행기 안에서 내내 마음이 무거웠다. 차마 두고 떠날 수 없는 상태인 민아를 두고 떠나던 날의 고통을 나는 지금도 잊을 수 없다. 그때 내가 그 애에게 한 말이 "넌 왜 나만 보면 아프니?"였다.

그 후에도 나는 겨울마다 민아 병 바라지를 하러 미국에 다녔다. 때로는 출산이었지만, 10년 동안은 암 때문이었다. 그러면서 마음 놓고 앓을 자리도 없는 워킹맘과 핵가족의 문제들을 생각했다. 나는 마흔 살에 어머니가 돌아가셨는데, 그 후 편히 누워 아플 곳이

맘마 민아

없어서 늘 허전하던 생각이 났다.

엄마는 딸들이 편안하게 다리 뻗고 아플 수 있는 돗자리 같은 존재다. 엄마 없는 딸의 딸에게도 마찬가지다. 그 후에도 외손녀는 우리 집에 오면 앓는 버릇이 여전했다. 그럴 때마다 나는 그 애 엄마가 나만 보면 아프던 생각을 했다. 그리고 내가 숨이 붙어 있어서 지 애에게 편히 누워 앓을 돗자리 역할을 대행할 수 있는 것을 하나님께 감사했다. 그 어린 나이에 발을 뻗고 아플 자리가 없는 아이가 그지없이 애처로웠기 때문이다.

봉기풀

내가 자란 시골에 '봉기풀'이라는 풀이 있었다. 무슨 과에 속하는 풀인지, 또 어떤 성질을 가진 풀인지 지금도 나는 잘 모른다. 어쩌면 그것은 어디에서나 볼 수 있는 흔한 풀의 사투리였는지도 모른다. 때때로 나는 그런 풀이 실제로 있었던가 하는 의심을 갖기도 한다. 그 풀에 대한 내 지식은 그만큼 막연하다. 그런데도 나는 그 풀을 분명히 기억하고 있다.

아직도 삭풍朔風이 휘몰아치는 이른 봄에, 긴 동면에 지친 우리 남매가 봄이 왔나 보려고 양지 쪽의 땅 밑을 뒤지는 장난을 하고

맘마 민아

봄이 오는 것을 기다리지 못해서 성급하게 고개를 내미는 봉기풀.

…… 영하 13도의 추위 속에 오늘 유치원의 면접이 있었다.

오래간만에 아이를 멀리 세워 놓고 바라보니 외투가 반코트처럼 짧다.

저 외투는 지난 가을,

아이의 봉기풀적인 의욕이 가장 왕성하던 무렵에 사 입힌 것이었는데……

깡충거리며 뛰어가는 아이의 뒤를 따르며, 나는 머지않아 봄이 올 것을 생각했다.

봉기풀

있으면, 묵은 해의 죽은 잡초 사이에서 제일 먼저 머리를 내미는 것이 봉기풀이다. 뿌리까지 합쳐서 2.3센티미터밖에 안 되는 작은 풀인데, 외줄기 가느다란 뿌리를 땅 밑에 감추고, 밖에 내민 것은 두 개의 떡잎뿐이다. 유심히 보지 않으면 눈에 뜨이지도 않는 보잘 것 없는 작은 풀이지만, 그 풀이 돋아나면 그날부터 우리에게는 봄이 온다. 봉기풀은 봄의 전령이다.

봉기풀, 그것은 내 동생의 별명이기도 했다. 오빠가 갓 결혼한 해니까 동생이 대여섯 살 때의 일이었던 것 같다. 우리는 옛 성터의 외딴집에서 살고 있었다. 남자들은 모조리 딴 곳에서 살림을 하고, 그 외진 집에는 할머니, 어머니, 새언니, 이렇게 세 생과부가 우리 다섯 자매와 남동생을 데리고 살고 있었다. 그 무렵에 동생의 별명이 '봉기풀'이었다. 봄이 오는 것을 기다리지 못해서 성급하게 고개를 내미는 봉기풀처럼, 그 아이는 자기가 알고 있는 것을 남에게 알리고 싶어서 아무데나 고개를 내밀었다.

아버지나 할아버지가 어쩌다가 집에 오시면, 제일 바빠지는 것은 그 아이다. 그동안에 일어난 일들을 사소한 것까지 모두 열심히 기억해 두었다가 일일이 보고를 하느라고 그 애는 혼자 법석을 떤다. 아무도 그 입을 다물게 할 수는 없다. 알리고 싶다는 그 아이의 욕망이 너무 강렬하기 때문이다. 그렇다고 유난히 입이 빠른 아이

맘마 민아

어린 시절의 민아

봉기풀

였던 건 또 아니다. 오히려 그 반대여서 네 살까지는 '돌부처'라고 불리우던 아이다. 어른들이 그의 봉기풀적인 행위에 더 놀랐던 것은, 그 아이를 노상 돌부처로만 알고 조심하지 않았던 데 기인한다.

여인만 3대가 함께 사는 환경에서, 무분별하면서 호기심만 왕성한 그 아이의 존재는 적잖은 골칫거리였다. 어른들은 때로는 고소苦笑쓴 하면서, 때로는 실소失笑하면서 그 아이에게 물었다. "얘! 봄에 제일 먼저 나오는 풀이 뭔지 아니?" 그러면 그 앤 숨도 쉬지 않고 얼른 대답한다. "봉기풀!"

사람은 누구나 일생에 한 번은 이런 시기를 가지는 것 같다. 비밀을 지키기에는 너무나 어린, 왕성한 호기심의 개화기를……. 그런 봉기풀기의 아이를 가지는 것은 부모에게 있어 실로 재난이 아닐 수 없다. 민아가 그만한 나이 때에 나는 그런 종류의 재난을 여러 번 겪었다. 아직도 어린애거니 하고 무심히 어른끼리 주고받는 말을 민아는 열심히 치부해 두었다가 상대방을 만나면 어김없이 전하여 주는 것이다. 혹은 세배하러 온 학생에게, 혹은 의사나 간호원에게, 때로는 시댁 식구에게 해서는 안 될 말을 너무나 정열적으로 전하는 통에 나는 여러 번 진땀을 뺐다.

옆집이 가게였는데, 일하는 아이가 그집 아줌마가 아저씨보다 깍쟁이라는 말을 했다. 밥풀과자를 사러 가면 아저씨는 한 개를 더 준다는 것이다. 민아가 그걸 아줌마에게 알려주었다. 그런 말을 왜 전하느냐고 물어보았더니, 밥풀과자 하나 때문에 깍쟁이 소리를 듣는 것이 불쌍해서 "알리고 싶어서 그랬다."는 것이다. 이렇게 알리고 싶은 일에 열심인 아이가 옆에 있으면 어른들은 고성능 도청장치가 된 방에 있는 것처럼 늘 불안하고 조심스럽다. 세상에는 상대방에게 알려서는 안 될 말이 얼마나 많은가? 우리 부부가 아이 앞에서 외국어를 쓰기 시작한 것은 이때부터다.

영하 13도의 추위 속에 오늘 유치원의 면접이 있었다. 오래간만에 아이를 멀리 세워 놓고 바라보니 외투가 반코트처럼 짧다. 저 외투는 지난 가을, 그 아이의 봉기풀적인 의욕이 가장 왕성하던 무렵에 사 입힌 것이었는데…… 해토되려면 아직도 먼, 언 땅을 밟고 놀아오년서, 내 눈에는 그 찔믹한 외두자락이 힌 장의 졸업장처럼 보였다. 추위가 남았는지 다 갔는지 미처 분별을 할 여유도 없이 우선 고개부터 내밀고 보는, 그 봉기풀의 왕성한 호기심의 시기를 지나는 한 장의 졸업장.

깡충거리며 뛰어가는 아이의 뒤를 따르며, 나는 머지않아 봄이 올 것을 생각했다.

설리번 선생의 위로법

민아가 심장이 멎어서 의사들이 심폐소생술을 하고 있는데 전화가 왔다. 민아 딸의 담임선생이다. 그 애는 한국에 와서 남산에 있는 선테니얼 외국인 학교에 다니고 있었다. 교장의 부인이 아이의 담임인데, 이름이 설리번이라고 했다. 헬렌 켈러의 선생과 이름이 같다. 그녀는 자기가 지금 아이를 보러 가야 하는데 잘못 알고 강남에 있는 삼성서울병원에 와 있는데. 강북삼성병원에 가려면 어떻게 가면 되느냐고 물었다. 한 시간쯤 지나니 키가 큰 캐나다 여인이 남편과 함께 나타났다. 손녀가 그녀의 가슴에 무너져 내렸다.

화장실에 가다가 심장마비를 일으킨 민아는 이미 뇌사 상태인데, 행여나 하는 희망에서 종일 심폐소생술을 받고 있었다. 마침 응급실이 한산해서 의사, 간호원 여나믄 명이 민아를 둘러싸고 교대로 가슴을 눌러댔다. 나는 민아의 갈비뼈가 부서져 내릴 것 같아 제정신이 아니었다. 가족들이 모두 얼이 빠져서 아이를 챙길 틈이 없었다. 그러다가 아이가 걱정되어 문득 문득 돌아보면, 그때마다 설리번 선생이 아이를 안고 있는 것이 보였다.

　　그 선생은 슬픈 사람을 돌보는 법이 유별났다. 우리처럼 뭘 마시게 하거나, 먹게 하려고 기를 쓰지 않았다. 피곤하다고 앉으라고 강요하거나, 기운을 차리라고 격려의 말도 하지도 않았다. 천국에 갔으니 슬퍼하지 말라는 말도 역시 하지 않았다. 그저 아이가 굶으면 자기도 굶었다. 아이가 울면 자기도 울고, 아이가 앉으면 자기도 앉았다. 조용히 옆에 있어 주면서 하고 싶은 대로 하게 놓아두었다. 그 대신 종일 아이를 안고 있었다. 따뜻하게 감싸 안고 등을 쓸어주고 있을 뿐이었다. 그 일을 저녁에 영결 예배를 볼 때까지 계속했다.

　　그 후에도 그랬다. 슬픈 제자를 위해 자기 딸 방에 이층 침대를 들여다 놓고, 원하는 때에 와서 쉬다 가게 하였으며, 아이가 아빠 집에 안 가겠다고 고집을 부리자, 원하면 자기네가 입양할 생각이 있다는 말까지 해서 나를 놀라게 했다. 요즘도 방학에 아이가 한국에 오면, 주말마다 자기 집에 데리고 있는다. 아이가 고양이를 좋아하니까 설리번 선생은 아이를 데리고 고양이 카페에도 같이 가주었다. 그녀는 고양이 알레르기가 있다고 한다. 그래서 알레르기 약을 먹고 데리고 갔다는 것이다.

그녀는 아이에게 특별히 잘해 주는 것도 없고, 방향을 제시해 주는 일도 없다. 다만 아이의 의견을 절대적으로 존중하며, 아무 때나 와서 있게 해 주는 것 뿐이다. 그 집에는 아홉 살짜리 딸이 하나 있다. 여자 형제가 없는 민아의 딸은 그 애가 자기를 언니라고 부르자 벼슬이나 한 것처럼 환호성을 올렸다. 그들은 피를 나누지 않았지만 가족이었다. 그녀의 치유법은 한결같았다. 그냥 안고 등을 쓰다듬어 주는 것.

사실 엄마나 딸을 잃은 슬픔은 무엇으로도 위로가 되지 않는다. 안아 주는 게 그중 나은 위로의 방법이다. 어느 날 친구의 딸이 와서 나를 안아 주었는데, 그 아이의 몸이 민아의 죽음을 얼마나 슬퍼하고 있는지 감각으로 전해 주고 있었다. 그래서 큰 위로가 되었다. 설리번의 방법이 옳은 것이다. 설리번은 헬렌 켈러의 선생 이름이다. 그녀는 눈 먼 아이에게 지식을 가르쳐 주었다. 그런데 이 설리번은 지식도 주지만 영혼을 위무해 주었다. 그녀는 교사이기보다는 선교사였던 것이다. 지금 우리 외손녀는 이미 설리번의 학생이 아니다. 그런데도 그녀는 한결 같았다. 그냥 사랑하고 안아

맘마 민아

주면서 지켜 보고만 있다. 그 조용한 사랑이 아이의 아픔을 서서히
낫게 했다. 이런 교사가 있다는 것은 얼마나 감사할 일인가?

설리번 선생의 위로법

그 선생은 슬픈 사람을 돌보는 법이 유별났다.

…… 그저 아이가 굶으면 자기도 굶었다.

아이가 울면 자기도 울고, 아이가 앉으면 자기도 앉았다.

조용히 옆에 있어 주면서 하고 싶은 대로 하게 놓아두었다.

그 대신 종일 아이를 안고 있었다.

따뜻하게 감싸 안고 등을 쓸어주고 있을 뿐이었다.

맘마 민아

딸네 집

민아가 헌팅턴 비치에 있는 큰 집에서 살던 1999년의 일이다. 그해에 나는 언니들과 스페인 여행을 가려고 로스앤젤레스에 가서 민아네 집에 한참 머물렀다. 나는 정년퇴임을 했고, 민아도 놀고 있던 때여서 우리는 모처럼 같이 있는 시간을 즐길 수 있었다. 로스앤젤레스 한복판에서 일을 하는 민아 남편은 교통 체증을 피해 새벽에 나갔다가 저녁 아홉 시가 되어야 돌아온다. 그러니까 내가 그 집에 가도 같이 있는 시간이 적다. 낮에는 민아와 둘이만 있다가 금요일에는 언니 집에 가서 주말은 형제들과 보내니 사위와는 종일 같이 있는 일이 극히 드물었다.

그런데 그해에는 곧 여행을 떠나야 하니까 열흘 동안 민아네 집에 계속 있었다. 주말을 두 번이나 그 집에서 보낸 것이다. 내가 종일 집에 있으니까 사위가 부산해졌다. 모처럼 온 장모에게 무언가 잘 해 줘야 할 것 같아서 바비큐 준비도 하고, 베이글빵도 구워서 내 놓고, 저녁에는 요트를 타고 롱 비치에 가서 해산물 요리도 사 주었다. 그러느라니 그 사람은 종일 차고 문을 열었다 닫았다 하며 분주했는데, 아래 위층을 줄창 오르내리는 사위가 계속 손으로 얼굴을 부채질을 하는 것을 발견했다. 왜 저렇게 허덕이느냐고 물으니까 민아가 웃는다.

"더워서 그래, 엄마. 더위를 타는 타입이야, 모르는 척 해요."

그런데 왜 에어컨을 안 켜느냐니까 민아가 또 웃는다.

"내가 못 켜게 했지 뭐 . 엄마 에어컨 바람 싫어하잖아?"

너무 놀라서 말이 나오지 않았다. 그러지 않아도 내가 있으면 사위가 안정을 잃는 것 같아서 미안했다. 그 사람은 나를 좋아하는 편이지만, 열여섯 살부터 혼자 산 사람이라 어른 대접하는 법을 몰

맘마 민아

라서 허둥대는 것 같았다. 특별히 잘해 줘야 할 것 같은 강박관념
에 시달릴 것인데, 말도 잘 통하지 않고, 내 취향도 잘 모르니 안정
을 잃는 수밖에 없었을 것이다.

일주일 내내 죽도록 일을 하고 쉬어야 하는 그의 주말을 침범하
는 것 같아 그러지 않아도 조심스러운데, 주인이 손님이 무서워 에
어컨도 못 켜다니 말이 안 된다. 손님이 옷을 껴 입고 참는 것이 백
번 옳다. 그런데 모처럼 온 엄마에게 옷을 껴 입게 하면, 딸은 또
얼마나 마음이 불편하겠는가? 그렇다고 딸네 집에 안 갈 수도 없
으니 인간관계는 참 복잡하고 힘이 든다.

안정을 잃은 건 사위뿐이 아니었다. 나하고 같이 있을 일이 적었
던 막내인 손녀도 내가 가서 며칠이 지나니 심란해하기 시작했다.
엄마가 종일 외할머니 하고만 놀기 때문이다. 오래 객지에서 외롭
게 지내던 민아는 나를 만나니 할 말이 많아서, 아이들을 챙길 틈
이 없어 보였다. 그래서 막내는 속이 상했던 모양이다.

어느 날 아침에 일어나 보니, 다섯 살짜리 아이가 어렸을 때 쓰
던 아기용 흔들의자에 다리를 올려 놓고 누워서 혼자 흔들거리고
있는데, 너무나 외롭고 우울해 보였다. 낯설어 하는 것 같아서 우리
가 얼마나 가까운 사이인가를 알려 주려고 내가 말을 걸었다. "예전
에 네 엄마가 내 아기였단다." 그 말을 들은 아이는 질겁을 한다.

"No! Mom is daddy's baby(아니에요! 엄만 아빠의 아기예요)."

그래도 옆을 떠나지 않고 자꾸 말을 시키니까, 한참 뜸을 들이더니 아이가 나를 보고 힘들게 입을 열었다. "여기 우리 집이거든요", "물론 그렇지." 했더니 아이가 한참 있다가 "그런데 언제 돌아 가실 거예요?" 하고 본론을 꺼냈다. 아이의 표정이 하도 심각해서 나는 아연해졌다. 손녀도 자주 보지 않으면 이렇게 남 같아지는구나 하고 생각하니 등골이 서늘했다.

그러다가 문득, 어렸을 때 만주에 살던 큰 고모가 아이 셋을 데리고 나타나서, 우리집 일상을 마구 휘젓던 때가 생각났다. 열 살부터 다섯 살까지의 세 아이는 온 집안을 뒤죽박죽으로 만들고 있었는데, 1년 만에 친정에 온 고모는, 허기진 사람 같은 표정을 하고 할머니나 엄마 곁을 떠나려 하지 않았다. 그동안 마음을 털어 놓고 이야기 할 사람이 없어 미칠 지경이었던 것이다. 아는 사람이 없는 외국에서, 주사酒邪가 심한 남편에게 혼자 시달리던 고모는, 너무나 너무나 할 말이 많아서 자기 아이들을 생각할 여력이 없어 보였다. 방을 빼앗겨서 잘 곳도 불편한데, 저 사람들이 영영 안 가면 어쩌나 싶어서, 어느 날 엄마에게 물어 보았다가 되게 야단을 맞았다. 우리 손녀도 제 엄마의 눈치를 보니 그런 말을 물었다가는 혼날 것 같으니까, 망설이다가 내게 직접 물은 모양이다.

맘마 민아

그 아이를 이해할 수 있을 것 같았다. 잘 알지도 못하는 할머니가 나타나서 자신의 일상을 마구 휘저으니 얼마나 불안했을까? 외갓집에 자주 드나들었던 오빠들이 외할머니와 물고 빨고 수선을 피우는 것도 마음에 들지 않았을 것이다. 민아의 갑상선암이 완치되어서 그 무렵에는 내가 민아네에 자주 가지 않아서, 막내 손녀와는 접촉할 시간이 적었으니 그 애에게는 외할머니가 낯선 침입자 같았을 것이다.

어느 나라에서나 손님은 침입자다. 자고 가는 손님은 더 나쁘다. 장기 체류하는 손님은 재앙이다. 낯이 선 사람이 색다른 생활문화를 가지고 침입해 오니까, 식구들은 모두 안정을 잃게 되는 것이다. 생활문화가 다른 것은 얼굴이 낯선 것보다 더 큰 재앙이다. 전에 우리 집에 있던 도우미 아줌마는 주말에 생활이 윤택한 아들 집에 다니러 가는데, 갈때마다 종이 뭉치를 잔뜩 이고 간다. 종이가 귀하던 시대에 산 아줌마는, 뒷면이 말짱한 광고지를 버리는 것이 아까웠던 것이다. 아무리 말려도 안 들으니까 어느 날 며느리가 보는 앞에서 그걸 들고 가 쓰레기통에 버려서 아줌마를 화나게 했다. 설탕도 마찬가지다. 아줌마는 아들 며느리가 블랙커피를 마시는 것을 견디지 못한다. 설탕이 얼마나 귀한 건데 그걸 마다하느냐면서 말이다. 일제 말에는 설탕이 귀해서 하얀 설탕은 환상의 가루였다. 아이들은 설탕을 보면 접시에 담아서 배고픈 개처럼 허겁지겁

할머니와 아이들. (평창동 옛집의 앞뜰에서) 1995년

혀로 핥아 먹었다. 당분 결핍증에 걸려 있었던 것이다.

　아이가 키가 못 자랄 정도로 당분이 결핍했던 시대에 산 시어머니가, 하얀 설탕은 인류를 해치는 공포의 백색이라고 생각하는 며느리 집에 가서 자고 오니 그 집 사람들은 또 얼마나 힘이 들었겠는가? 농경민인 부모 세대와 도시인인 자녀들. 태극기를 가지고 있으면 잡혀가던 식민지 세대와, 시청 앞에서 데모를 해도 잡혀가지 않는 자녀 세대 사이에는 심연 같은 거리가 가로놓여 있으니,

맘마 민아

자식 집도 남의 집처럼 서먹할 수밖에 없는 것이다. 한국에서도 그러니 미국은 더 하다. 요즘 노인들이 혼자 사는 외로움을 감내하면서 독거노인이 되는 쪽을 택하는 이유가 거기에 있다.

　그날 나는 그 집이 내 딸만의 집이 아니라, 사위와 손녀의 집이기도 하다는 사실을 다시 한 번 확인했다. 내가 사위의 집의 견고한 질서를 깨뜨리는 일종의 침입자였다는 것도 알게 된 것이다. 아버지가 처음으로 딸들이 있는 미국에 가셨는데 한 달이 가까워 오니 딸네 집 식구들이 모두 지쳐서 눈이 쑥 들어갔고, 가지 말라고 붙잡는 목소리가 점점 맥이 없어지더라고 하셨던 생각이 난다. 손님은 반갑지만 피곤한 존재여서 '가는 손님은 뒤꼭지가 더 예쁘다'는 말이 생겨난 것이다.

　딸이 결혼하면 딸네 집은 이렇게 남의 집이 된다. 거기에는 사위를 중심으로 한 그들만의 생활문화가 있다. 외국인 경우는 더 하다. 생활문화가 더 다르기 때문에 주인들은 더 안정을 잃을 수밖에 없는 것이다. 하지만 안정을 잃는 것은 주인만이 아니다. 불편한 것도 주인만이 아니다. 우리 부모님은 해방 후에 우리보다 늦게 내려온 고향 사람들을 자리잡을 때까지 열심히 돌보아서 우리 가족을 불편하게 만들었다. 그런데 그들은 나가면 연락도 하지 않았다. 남의 집에 일가족이 얹혀살던 때의 불편함을 상기하고 싶지 않았던 것이다.

나는 딸네 집에 갈 때마다 커피포트를 깨뜨리는 버릇이 있다. 덜렁대는 성격도 아닌데, 두 번째로 포트를 깨트리던 날, 나는 드디어 그 이유를 깨달았다. 싱크대가 우리 집 것보다 높았던 것이다. 게다가 미국의 부엌은 바닥도 조리대도 타일로 된 곳이 많다. 미끄러지기 쉬운 바닥인데 커피포트는 높은 데 있으니까 떨어지면 온 집안에 유리 포트가 산산조각 나면서 내는 요란한 소리가 울려 퍼진다. 망신스런 일이다. 게다가 미국의 커피포트는 우리 집 것보다 엄청나게 크다. 무거우니까 팔 힘이 약한 내가 높은 곳에서 내리다가 떨어뜨리는 것인데, 그 많은 커피를 다 깻박을 쳤을 때의 기분은 참담하다.

높은 것은 싱크대뿐이 아니다. 침대도 너무 높다. 기어올라가면 내려올 일이 걱정될 정도다. 타월도 너무 크고 세탁기도 너무 크고, 욕조도 너무 크고, 포크도 나이프도 모두 너무 큰 것이 미국이다. 그래서 미국에 가면 어른 신발을 신고 걷는 아이처럼 노상 불편하다. 침대도 싱크대도 크기가 같은 자기 나라인데도 우리 어머니는 나를 보러 오셨다가 주무시고 가라면 질색을 하셨다. 손에 익지 않는 환경이 싫었던 것이다.

딸은 일단 결혼하면 우리 집에 와도 손님이 된다. 아이들과 남편을 데리고 오는 손님이다. 남편과 아이들이 딸려 있어 오붓하게 부모와 마주 앉을 시간도 없다. 게다가 민아네 집은 우리 집에서 열두 시간을 비행기를 타고 가는 먼 곳에 있었다. 시차가 일곱 시간이나 되니 너무 힘들어 자주 가기도 어렵다. 그렇게 많은 대가를 치러야 만날 수 있어서 민아는 내게 늘 먼 그대였다. 살았을 때도 늘 그리운 존재였던 것이다. 헤어져 산 세월이 자그마치 30년이나 된다. 민아와 우리 부부가 셋이서만 다시 같이 있어 본 건 마지막 해뿐이다. 봄에 눈 수술을 하러 와서 민아는 한 달을 있다 갔고, 암에 걸려서 6월에 왔을 때도 석 달을 우리 집에서 살다가 이사를 갔다.

나는 그 일이 너무 고맙다. 그 기간마저 없이 우리가 헤어졌다면, 보고 싶다는 갈망과 그리움을 더 견디기 어려웠을 것이다. 그런 비상사가 생기지 않으면, 다시는 오붓하게 부모 자식 사이를 누릴 수 없는 것이 출가한 딸과 부모의 관계다. 품안에 있을 때만 자식이라는 말이 맞다. 그래서 노인들은 모두 외롭다. 옛날 사람들은 인간을 참 잘 이해했던 것 같다.

민아이야기

2016년 09월 02일 1판 1쇄 박음
2016년 09월 12일 1판 1쇄 펴냄

지은이 강인숙
펴낸이 김철종
책임편집 장여진
디자인 정진희
마케팅 오영일
인쇄제작 정민문화사

펴낸곳 (주)한언 | 노아의 방주
출판등록 1983년 9월 30일 제1 - 128호
주소 110 - 310 서울시 종로구 삼일대로 453(경운동) KAFFE빌딩 2층
전화번호 02)701 - 6911   **팩스번호** 02)701 - 4449
전자우편 haneon@haneon.com   **홈페이지** www.haneon.com

ISBN 978-89-5596-769-2 03810

이 도서의 국립중앙도서관 출판예정도서목록(CIP)은 서지정보유통지원시스템 홈페이지
(http://seoji.nl.go.kr)와 국가자료공동목록시스템(http://www.nl.go.kr/kolisnet)에서
이용하실 수 있습니다.(CIP제어번호: CIP2016020751)

한언의 사명선언문

Since 3rd day of January, 1998

Our Mission – 우리는 새로운 지식을 창출, 전파하여 전 인류가 이를 공유케 함으로써
인류 문화의 발전과 행복에 이바지한다.

– 우리는 끊임없이 학습하는 조직으로서 자신과 조직의 발전을 위해 쉼
없이 노력하며, 궁극적으로는 세계적 콘텐츠 그룹을 지향한다.

– 우리는 정신적, 물질적으로 최고 수준의 복지를 실현하기 위해 노력
하며, 명실공히 초일류 사원들의 집합체로서 부끄럼 없이 행동한다.

Our Vision   한언은 콘텐츠 기업의 선도적 성공 모델이 된다.

저희 한언인들은 위와 같은 사명을 항상 가슴속에 간직하고
좋은 책을 만들기 위해 최선을 다하고 있습니다.
독자 여러분의 아낌없는 충고와 격려를 부탁드립니다.

· 한언 가족 ·

HanEon's Mission statement

Our Mission – We create and broadcast new knowledge for the advancement and
happiness of the whole human race.

– We do our best to improve ourselves and the organization, with the
ultimate goal of striving to be the best content group in the world.

– We try to realize the highest quality of welfare system in both
mental and physical ways and we behave in a manner that reflects
our mission as proud members of HanEon Community.

Our Vision   HanEon will be the leading Success Model of the content group.